JA

官能と少女

宮木あや子

ja

早川書房

7758

目次

カバーイラスト・扉イラスト
今井キラ

官能と少女

コンクパール

コンクパールはとても高価な宝石です。

パールという単語を含むその名前から、真珠のように滑らかな淡い光沢を湛える球体を想像されるかもしれません。たしかに、貝の中で宝珠が育まれることは共通しています。一般的に知られている「真珠」という宝石は、アコヤ貝という二枚貝の中に育ち、この二枚貝をこじ開けて異物を挿入することによって養殖が可能です。しかしコンクパールの場合、二枚貝ではなく巻貝の中で育つため、核となる異物の挿入が難しく、養殖することができません。従って、巻貝が気まぐれにその珠を作り出すのを辛抱強く待つしかなく、普通の一粒の真珠に比べて、コンクパールは驚くほどお値段がお高い。

そして、真珠の清楚な輝きと比べると、コンクパールのそれは驚くほど卑猥です。

コンクパールの色はピンクです。最高級品は桜色とされていますが、ほとんど出回っていません。私たちが通常目にできるランクのものは、コーラルピンクという色の名前が、おそらく一番相応《ふさわ》しいでしょう。形は、真円のものはほとんどなく、小さなひよこ豆みたいな形が多いようです。そして真珠の朧月《おぼろづき》に似た秘めやかな光沢とは程遠い、溶かしたバターを垂らしたようなそのピンク色の表面は、指先で撫でると柔かく潰れて、今にも中から透明な液体が溢れ出てきそうなのです。

お店にいく途中にあるジュエラーで、今日もショーケース越しにその二百八十五万円の指輪を見つめ、溜息をつきました。天井が高く白っぽい無機質なお店の中は、適度に冷房がきいていて、駅からここまでの短い距離でじんわり浮いた汗を消してくれます。マーキスカットのダイヤモンドを花びらに見立てた、プラチナ台の十何枚もの花弁の中に嵌合《かんごう》された小さなコンクパールは、丹念に磨かれたクリスタルガラスの貞操帯の中で、誰かの指に触れられるのを待っていました。石の中のあえかな火焔模様を震わせながら、透明な蜜を溢れさせるのを待っています。

「着けてみれば良いのに」

腰を曲げてショーケースを覗き込んでいる私に、販売員の武田さんが声をかけてきます。まだ開店直後の店内には、私しかお客さんがいません。

「簡単に言わないでくれます？　着けたらほしくなっちゃうでしょ」

「お客様、お支払いはリボ払いにもできますが」

「うちの店の服レベルの話じゃないんだから、そう簡単に言わないでください」

私が頬を膨らませて抗議すると、武田さんは思い出したように尋ねました。

「あ、ランダムドットのワンピース、入荷した？」

「今日の午前便で入荷してるはず。お迎えにきてくださいね」

その言葉に武田さんは嬉しそうに笑い、そろそろ時間じゃないの、と、ものすごく高そうなダイヤモンドの文字盤の腕時計を見せてくれました。

私が勤めているお店が入っているビルまで、ここから歩いて二分です。早番の出勤時、このジュエラーはまだオープンしていません。遅番の日だけ出勤前にこのお店に寄り、右奥のショーケースに鎮座しているコンクパールを眺めて、胸の高鳴りに頬をほころばせながらお店に向かうのです。腕時計の金色の長針は入りの十分前を指していました。

着替える時間を考えると、もう向かった方が良さそうです。

「じゃあ、午後のお休憩の時間にでもいらしてくださいね」

「はいはい、またあとでね」

私はコンクパールの指輪に手を振り、自動扉を出ました。まもなく正午になる日差しは強く、むわん、と湿気を含んだ熱気に襲われて、めまいがしそうです。

私が勤めている「エンジェルガーデン」は、若者向けのファッションビルの一角にあります。そのビルに入るテナントの平均売り場面積を大きく下回る狭い敷地には、リボンやフリルのひしめくファンシーな洋服が所狭しと並んでおり、自分が働く店に対してこんなこと言うのもどうかと思いますが、たぶん東京にある洋服屋の中で、顧客の処女率と女装率（男性）が一番高いのではないかと思います。「お姫様のお茶会ワンピース」とか「薔薇レースの編上げブラウス」とか「ラブリーベリーヘッドドレス」とか、甚だ可愛い名前の付けられた商品たちは、普通にイケメンとされる男の子の気を引くためにはちょっと浮世離れし過ぎているし、何よりこういう服を着た女の子は、一緒に歩いていて良くも悪くも目立ち過ぎます。

私は武田さんの予約分のランダムドットワンピースを地下倉庫の在庫ラックから降ろし、ビニールカバーをかけて店内のバックヤードに回しました。

武田さんは、見た目普通の綺麗なおねえさんです。一般層にはあまり知られていませんが、彼女の勤める「ナインマイルス」は顧客リストに何人ものＶＩＰを持つ、ドメスティックブランドとしては隠れた一流と呼ばれるジュエラーで、武田さんはサブチーフを務めています。季節の変わり目の新作発表には、プレス担当でもないくせに、見た目が良いからという理由だけで、武田さんの名前と写真が他人のコメント付きで雑誌に載ります。お店の中の武田さんは、制服であるグレーベージュのパンツスーツに夜会巻きの髪の毛、そしてシンプルなメイクが、すごく大人っぽくて恰好良く見えますが、彼女の私服は極度の少女趣味です。うちの店の新作カタログを見るなり予約したワンピースは、ベビーピンクに大小さまざまの白い水玉が不規則に躍る綿サテン生地で、身ごろに大きな白い丸襟が付いており、袖はパフスリーブ、スカートが三段ティアードのサーキュラーになっている、ロカビリーな少女がポニーテイルを弾ませながら着ていそうなものです。おそろいのハンカチもセットになっていますので、ポニーテイルに結んだりして、ロケンロールな気分も楽しめます。

「武田さんて、ナインマイルスの武田さんですか？」

予約札を書いていたら、後輩のリナが覗き込んできました。

「うん、今日お見えになると思うよ」

「やーん、嬉しい。リナがお休憩入ってても、武田さんいらしたら呼び戻してくださいね」

「私の顧客様なんだけど」

「良いんです、リナはただのファンですから」

リナはくるくる回りながら売り場に戻り、ブラウスのたたみ直しを始めました。平日なので午後でもお客様はまばらです。接客はリナに任せ、私はランダムドットシリーズの入荷を知らせるために、予約してくれた顧客様への電話を始めました。その合間に流れてくる他店からのFAX注文は全て、今日入荷したランダムドットシリーズです。武田さんが予約してくれたワンピースのほか、ジャンパースカートとスカートが入荷していますが、このシリーズはどの店舗でもほとんど予約完売で、入荷枚数の一番多い東京店でも、ほかからの注文には応えられそうにありません。念のため在庫の確認をしに、店内をリナに任せて地下倉庫に下りました。ダンボールの中には黒とサックス生地のものなら、ワンピースの在庫が二着ずつあったため、私はその服と配送用のダンボールを抱えて再び店舗に戻りました。

店に戻ると武田さんと同じ顧客ランクの、つまりこの店にたくさんのお金を落としてくれる親子連れが来店してくださっていました。私の顧客様です。私は抱えていた服とダンボールをバックヤードに入れ、鏡の前で新作のジャンパースカートを胸に当てているお嬢様に声をかけました。

「こんにちは。暑い中わざわざおいでいただき、ありがとうございます」

お嬢様は、いつもの通り私を一瞥しただけで、ほかの商品を見始めてしまいます。お母様が、私に笑顔と会釈を返してくれました。

いろんなお客様がいらっしゃる店ですが、私はこの親子以上に綺麗なふたり組を見たことがありません。お嬢様の方は見た感じ十七歳くらい、来店するときはいつもうちの店の服を完璧に着こなしてくれており、恋月姫《こいつきひめ》のお人形のような卵型の顔の横には、光を反射しながらまっすぐに黒い髪が垂れています。天使の輪という言葉はきっとこのお嬢様のためにあるのでしょう。

お母様の方はきつめの目じりにうっすらと皺があり、おそらく年は四十を過ぎていると思います。髪の毛はものすごく短いショートヘアだし、ほとんど化粧っ気のない顔なので、皺を隠しようがありません。ただ、その顔はちょっと見惚れてしまうくらい綺麗で、色素の薄い大きな瞳に見つめられたらそれだけで魂を抜かれそうで、初めてこのふたりが来店したときは、そこにいたスタッフもほかのお客様も、思わず目が釘付けになったほどです。お嬢様と一緒にいらっしゃるときはいつも、売り場にいるときの武田さんのようなパンツスーツ姿で、黙ってお嬢様が気に入った服を差し出すのを待っています。

何度か接客を試みましたが、喋りかけられるのが好きではないらしく、とりあえずいらっしゃったときには挨拶だけしますが、あとはレジに歩いてくるのを待つだけです。リナを休憩に回したあと、珍しく、というよりも初めて、お嬢様が私に声をかけてきました。

「お茶会シリーズのワンピースって、売り切れちゃいましたか」

その声は意外にもか細く、王女様みたいな佇まいとは裏腹に頬には淡く朱が差していて、私は見た目とのギャップに面食らいつつもどぎまぎしながら答えました。

「東京ではもう完売ですが、もしお時間に余裕があるのでしたら、今ほかの店舗に確認しましょうか？」

お嬢様は、お母様を見上げます。お母様が、お願いします、と答えました。

「お色は四色ございますが」

「オフホワイト」

一番人気のある色です。四つある店舗の近いところから電話をしてゆき、一番最後に電話をした九州の店舗で、やっと在庫の確認ができました。夕方の集荷で送ってもらえば、明後日の午前にはこちらに届きます。いったん電話を切り、尋ねました。

「全額お支払いいただいたあとにお取り寄せということで、明後日以降の入荷になりますけど、それでもよろしいです？」

お嬢様が、ものすごくイヤそうな顔をしました。可愛い顔をしているとこういう顔でも憎たらしく見えないので、得だなぁと思います。不貞腐れて答えないお嬢様の代わりにお母様が、それでお願いします、と答えました。

だいぶ夕方になったころ、武田さんが来店していました。私が休憩から帰ってきたら、頬を紅潮させたリナからショッパーを受け取ろうとしているところでした。私を見つけると武田さんは、滅多に見れない焦った顔をして私に駆け寄ってきて、ユコちゃん大変だよー、と言いました。

「どうしたんですかー」

「あの指輪、売れちゃった！」

「えー!?」

あの指輪、というのは、勿論私が恋焦がれているコンクパールの指輪のことでしょう。

「いつ売れちゃったの？」

「ついさっき。どうしてもそれが良いって、お買い上げになっちゃった、ごめん」

新作のバングルも一緒にお買い上げになって、お揃いの指輪があったからそちらをお勧めしたんだけど、どうしてもって。

武田さんの弁解が、遠くに聞こえます。紙袋を渡し損ねて、リナが困った顔をして突っ立っていました。私も、可愛がっていた犬が逃げ出してしまったような顔をして突っ立っているのだと思います。武田さんも、その私の顔を見て困っています。武田さんが勧めてくれたように、今日の昼に試着だけでもしておけば良かった。

「ごめんね、今日の夜、奢るから飲みにいこう、ね？」

お客様に気を使わせてしまうなんて、私ってば販売員失格です。私はリナの手からショッパーを摑み取り、武田さんにお渡ししました。

「ありがとうございます。お言葉に甘えさせていただきます。それでは本日、新宿の三丁目交差点の所で待ち合わせましょう」

「何それ。終わる時間一緒なんだからふたりでタクれば良いじゃん」

「アパレルの給料は、宝飾に比べると安いんですよ。恐れ多くてタクシーなんか使えません」

原宿に勤める人間は、たいてい夜の原宿が嫌いです。表参道には飲み屋がほとんどなく、あってもビール一杯に平気で八百円とかいう値段がついています。２４６まで出ても高級なお店しかありません。原宿のアパレルに勤めている人間は、そんな店に入れるほどの給料を稼いでいないため、渋谷か新宿に出ないと食べることも飲むこともできないのです。

次の日がお休みだったのを良いことに新宿の安い居酒屋で毛穴からアルコール臭が漂ってくるまで飲み、違う店に移動して、カウンターバーでオカマのマスターに絡んでから記憶を無くし、汗がベタベタして気持ち悪くて、唸り声をあげて、その自分の声にビックリして目を開けたら、武田さんのマンションのセミダブルベッドの上でした。

部屋は適度に冷房が効いており、服は綺麗に脱がされて、オープンラックにかけられていました。着用、というよりも装着、という表現が相応しい服なので、着るのも脱がすのも大変なのですが、武田さんは自身もそういう服を着るため、脱がすコツを心得ています。

私は枕元に置いてあった長いTシャツを着てから部屋を出ました。武田さんはリビングで、ノートパソコンに向かって何か作業をしています。壁にかけてある時計はとうに十時を回っていました。

「ごめん、武田さん今日仕事じゃなかったっけ」

「大丈夫。わたし昨日、三百二十万円のブレスレットと二百八十五万円の指輪、現金払いで売ったから。休んでも文句は言われないでしょう。ご飯用意してあげるから、シャワー浴びておいで」

武田さんは振り返らずに言いました。お店の事務仕事に集中しているときはいつもこんな感じなので、特に冷たいとは思いません。片側の壁が一面鏡張りになっている広いバスルームで、シャワーを出しっぱなしにして身体を洗っていると、扉が開いて、部屋着にしている白いワイシャツを着たまま、武田さんが入ってきました。

「ダメ、まだ全部洗ってないよ」

「洗ってあげる」

ボディソープのポンプを数回押し、うしろから抱きつくようにして武田さんは手のひらに取ったミント色の液体を私のお腹に擦り付けました。そのまま上に滑らせて、両方の胸を撫でます。ひんやりしたボディソープのせいで、私の乳首はすぐに勃ってしまいました。冷たくヌルヌルした液体越しにそこを撫でられ、摘まれ、爪で弾かれ、脚の力が抜けていきます。

「イヤ、そこばっかり洗わないで、ほかも洗って」

「どこを洗ってほしいの、言ってごらん」

乳房が背中に柔かく押し付けられたまま、うしろから耳元に囁かれました。出しっぱなしのシャワーが白い泡を流し落としてゆきます。泡の流れ落ちた中指と人差し指を、武田さんは私の口の中に押し込みました。石鹸の味のするその二本の指は、ゆっくりと舌の上を撫でまわし、爪で上顎をこすり、引き抜かれたときには私の唾液が糸を引いていました。

「言わないと、洗ってあげない」

武田さんはもう一度言って、私の耳を舐めました。私は堪え切れず、自分で下腹部に手を伸ばしたのですが、その手はあっけなく振り払われます。

「おねがい、触って……お願い」

「どこを」

「……ここ」

私は腕の中で身体を反転させ、武田さんの脚の間に手を伸ばし、粘液に包まれて柔かく膨らんだ陰核を撫で上げました。ああ、と細く声を漏らし、彼女は私の肩に噛み付きました。

午前の便の入荷に混じって、あの麗しい親子が取り寄せたワンピースが届きました。

早速私は、黒川様、と書かれたお取り置き票の電話番号に入荷の連絡を入れました。お母様の携帯のようです。すぐに取りに行きます、という短い返答がありました。

発売当時、あまりに人気があったため、スタッフは購入を控えるように、本社から通達があった代物です。この親子の購入したオフホワイトは、子供のころに憧れていたお姫様のウェディングドレスそのもので、ほかのお客様たちと同様に私も新作絵型を見て以来、ほしくてほしくてたまらなかったのでした。まだ在庫があったなら、私がこっそり買っておけば良かった。

武田さんはこのワンピースのラベンダーを所有しています。というよりもエンジェルガーデンで人気のあった服は、ほとんど所有しています。昨日の夜、ラベンダーのお茶会ワンピースを着させてもらいました。武田さんは新しく買ったランダムドットワンピースを着て、ふたりで鏡の前に並び、手をつなぎ、向き合い、キスをしました。

もうすぐバーゲンが始まることもあり、相変わらず平日の客入りは悪く、なんだか喫茶店みたいな売上げがつづいています。レジ台の中で競合店舗の売上確認をして溜息をついていたら、こんにちは、と声をかけられました。顔を上げたら、柔かそうな黒いニットのロングワンピースを着た、麗しい親子のお母様が立っていました。

「うわぁ、お早いですね、お待ちしておりました」

電話をかけてから、まだ二時間も経っていません。私はお取り置き用のラックにかけてあったワンピースを梱包台に移動させ、お包みの準備を始めました。

「今日はお嬢様はご一緒じゃないんですね」

黒川様は曖昧に微笑むと、ハンドバッグの中から控えを取り出して、私のほうに差し出しました。

あ。と、私はその差し出された手を見て、思わず持っていた鋏を取り落としました。女の人にしては大きな手、少し節くれ立った指です。右手の、中指の第一関節だけが、不自然な形で内側に折れ曲がっていました。そして、その指の付け根にはあの指輪が輝いていたのです。コンクパールを核に、小さなマーキスカットのダイヤモンドで造られた何枚もの花弁が店内の間接照明を直に受けて輝くさまは、クリスタルガラスのショーケースの中にいたときより、何倍も猥《みだ》らでした。

「マユコさん」

「あ、はい、えっ？」

不審者対策のため、首から下げた販売員のビル入館証には名前が記入されていません。指輪を見つめて放心していたら突然名前を呼ばれ、私は混乱しましたが、黒川様はそのまま言葉をつづけます。

「あなた、そのワンピースは持ってる？」

「人気商品だったので、あの、スタッフは買えませんでした。私もほしかったんですけど」

本心でしたので、おそらく心から残念そうな顔をしていたのだと思います。そうしたら黒川様は、予想もつかないような言葉を口にしました。

「じゃあ、そのワンピースはあなたに差し上げます」

「えっ」

「あの子の代わりに着てあげて」

何を言ってるんだろうこの人は、という不思議な気持ちと、もしかしたら今この手にある服が自分のものになるかもしれないという微かな期待が混交して胸を高鳴らせた直後、本来これを着るはずだったお嬢様はどうしたのだろう、と思い、私は複雑な心中を悟られぬよう言葉を選び尋ねました。

「あの、やっぱりいりません、てことでしたら、このデザインの場合、返品ききますけど」

おそらく、店に並べたら一日経たずにお買い上げがあるでしょう。むしろ私が買う。

「あなた、今日は何時に終わるの」

一生懸命考えたのに。私の言葉など聞いちゃいません。

「お店は八時閉店ですが、ビルを出るのはだいたい九時くらいです」

「じゃあ、九時半に恵比寿のシエルで待ってるから、その服を着てきてちょうだい」

お包みも終わらないまま、黒川様は店を出ていってしまいました。追いかけることもできず、私はその場でバカみたいに口を開けて突っ立っていました。どんな形であれ、ほしかった服が手に入ったのに、なんだかわけが判りません。名乗った憶えもないのに名前も知っていたし。というか、恵比寿のシエルというのは、いったいどこの何ですか。


——黒川様の指。輝いていたあの指輪。

私は生身の人間よりも、洋服や宝石に恋をします。エンジェルガーデンの服、特に今日、黒川様が半ば返品みたいな形で私にくださったような、喉から手が出るほどほしかった服と好きな男の子を並べて、選ばなかった方を蛇の谷へ突き落とすと言われても、迷わず服を選ぶでしょう。お洋服は人を裏切りません。

恋愛小説にも推理小説にも興味はありませんが、モード雑誌と宝石図鑑は大好きです。鉱石のモース硬度は詳細な表を書けますし、ある程度ならイミテーションと本物の区別もつきます。宝石は原石を磨けば輝きますし、埋めてあげる台を変えることによって、もっと綺麗になるかもしれません。手をかけてあげれば、自分の望みどおりの姿になり得ます。

身の回りに愛すべきものたちがあるのに、なぜ人は、人とのつながりばかりに重きを置くのでしょうか。人の気持ちが手に入ったってそれは目に見えないし、離れてゆくさまだって見えません。勝手に人に愛情を注いでおいて、望んでいた量の愛情がその人から戻ってこなかったからといって流す涙よりも、予約期日を過ぎてしまい、入荷当日お店にいったらもうそのお洋服は完売、という状況で流す涙のほうが、よこしまな願望がない分、ずっと綺麗です。でもこういった考えが、世間一般という層から受け入れられないのは判っているので、あえて人に話すようなことは控えています。

そして武田さんは全ての感情は自分のため、自分にしか興味がありません。

彼女は鏡の前か夜の窓ガラスの前でしか、私を求めません。背格好が似ていて洋服の趣味も一緒の私を自分の分身として選び、その私と一緒に自分の姿が見えている状態でしか欲情できない人です。彼女がエンジェルガーデンの服を着るのは、服に恋をしているのではなく、それが自分を一番可愛く見せるから。服を着た自分に恋をするために、毎シーズンほとんどのシリーズを予約します。誰よりも何よりも自分を一番愛しているため、身体の構造が違う男の人とは、肌を合わせたことがありません。私も、マユコというひとりの人間として武田さんに抱かれたことはありません。そもそもマユコという一個人の存在を、私は知りません。

七時過ぎぐらいに店にFAXが入りました。恵比寿のお店の簡単な地図と、電話番号が記されていました。シエルというのはどうやらバーのようなお店らしいです。駅からずいぶんと遠い、住宅街に近いところにありました。

九時半を少し過ぎたころ、私はへとへとになりながらもそこに辿り着きました。低い五階建てのビルの三階で、古いエレベーターのボタンは、接触反応によって停止階を示すものではなく、レトロな丸いボタンが操作パネルから飛び出しているものでした。ガコンという音を立ててエレベーターは止まり、またもやガコンという音を立てて扉が開きます。

お茶会ワンピースの、細かいチュールレースとサテンリボンのあしらわれた裾が、階下から吹いてくる風で一瞬舞い上がりました。靴の踵を絡め取る毛足の長い青い絨毯が、扉までの道のりを示します。ドアマンに名前を告げ、百合のステンドグラスのはめ込まれた木枠の扉を開けてもらうと、花の匂いがしました。

おそらく欧州の古い汽車をイメージして作られているであろう青っぽい内装は、エレベーターと同じくらいレトロで、黒川様は扉から見て正面の窓際のボックス席で、煙草を吸っていました。ウェイターにその席まで案内された私の姿を、煙越しに見て黒川様は、目を細めました。

「本当に着てきてしまいましたが、良かったんでしょうか」

「私が着てこいって言ったんだから、着てこない方が良くなかったでしょう」

黒川様はまだ長い煙草を灰皿に押し付け、私に座れと促します。

「何飲む？」

「とりあえず私、今日一回も休憩が取れなくってお腹が空いています。食べて良いですか？」

「なんで？」

「新人のバイトが無断欠勤しましたので」

「そういうとき、トイレどうするの？」

「違う階の姉妹店に電話して、人員よこしてもらうんです」

わざとぼろぼろに加工してある青い表紙のメニューの中で、とりあえずお腹に溜まりそうな食べ物と、お花の香りのするベルギーの白いビールを頼みました。かろうじて色が識別できる程度までぎりぎりに落としてある橙《だいだい》の明かりは、古風にも全て蠟燭によるもので、微かな空気の流れから炎が揺れる度に、黒川様の右手の指輪がてらてらと光を放ちます。

――なんていやらしいんだろう。

見間違いではなく、その右手中指の第一関節は、内側に折れ曲がっていました。ビールが運ばれてきたので、黒川様は中身のだいぶ減っている自分のワイングラスを持ち上げ、私の持ったビールのグラスに合わせました。カインという音と共に、白い泡がグラスの縁を伝い落ちて、私の指を濡らします。

「多分誤解されていると思うけど、私はあの子の母親じゃないの」

黒川様は言いました。私は曖昧に頷き、つづく言葉を待ちました。

「親にはあなたのところの服を着るのは禁止されていたから、私のところでしか着られなかったのよ」

「禁止って……」

「あなたの名前を知っていたのは、あの子があなたに憧れていたから」

いろいろと訊きたいことはあったけれど、私はその言葉を全て飲み込み、笑顔を作りました。あんな綺麗な子に憧れてもらえるなんて、とても光栄です。

「あなたの写真の載ってる雑誌をよく見せてもらってたの。マユちゃんが着てるのと同じ服がほしいって、しょうがないから何度もお店に行ってね。担当があなたになって、本当に喜んでたのよ」

エンジェルガーデンのようにマイナーなジャンルの服を売る店のスタッフは時々、雑誌撮影のため自ブランドの服を着て、モデルの真似事をしなければならないことがあります。見目の良い顧客様にお願いすることもありますが、ほかの顧客様に妬まれたりすることを防ぐため、たいていスタッフでまかなっています。私は古株ですので、結構多い割合で雑誌に写真が載っていました。

「そのわりにはお嬢様、無愛想でしたね」

「すごい人見知りだから」

エビのカクテルが運ばれてきました。本当にお腹が空いていた私は、白く光るそれを指で摑み、三個くらいいっぺんに口に入れました。甘酸っぱくて、耳の奥がつーんとします。胃が、もっともっとほしがるので、もう数回同じことを繰り返し、お皿が空になったあとは指先についたソースを舐め取り、ビールを飲み干しました。

「今日は、お嬢様は一緒じゃないんですね」

「だから親子じゃないんだってば」

「顧客カードの記入を頑《かたく》なに断られていたので、お名前知らないんですよ」

「昨日、嫁に出したの」

ジッポーの炎で、辺りが少しだけ明るくなり、金属音と共にすぐに暗くなりました。

ウェイターが飲み物の追加オーダーを取りにきます。同じものを、と答え、私は自分のバッグから煙草を取り出し、灰皿に入っていた紙マッチで火を点けました。

「お洋服、ありがとうございました」

「本当にくるとは思わなかったよ」

「どうしてです？」

「普通、うまい話は警戒するでしょう？」

「警戒しなきゃいけないことがありましたか？」

ふたり分の煙の向こうで、黒川様は笑いました。

「相手が女だからって、安心してはダメだよ」

「安心なんかしてません。私が今日ここにきたのは、下心があったからです」

「どんな下心？」

追加のビールが運ばれてきて、ついでに空になりそうな黒川様のグラスに、傍らにあったボトルからワインが追加されます。ざくろの色をした液体は、グラスから跳ねて白いテーブルクロスの上に置かれた黒川様の手の甲にかかりました。私はそれに手を伸ばし、摑み、自分の口元まで引き付け、言いました。

「この中指」

コンクパールが、私の唇のすぐ下で、小さな炎のように輝いています。

オークの床は鈍く黒く光り、白いシーツには糊がきいていて、手の平を滑らせたら、冷たくて硬いその布はやんわりと私を拒否しました。お店から少し離れたところにある黒川様のマンションは、人が生活しているとは思えないような空間です。ただ、クローゼットの中だけはうちのお店のお洋服が溢れかえっていました。私は黒川様のお人形さんがお気に入りにしていた服を着て、ベッドの上に座ります。お花畑みたいなクローゼットの中から黒川様は何着も何着も引っ張り出してきて、その全てに着替えることを私に要求しました。

「私はね、あの子のお目付け役みたいな形で、黒川の家に雇われていたの」

独り言めいた低い声で黒川様は言いました。

……ああ、始まる。

私は聞きたくないのと聞きたいのと裏腹な気持ちで、黒川様の顔を見つめます。

「もうずっと、五年以上も、一緒にいたわ」

「勉強も教えていたし、恋の相手もした。結婚する前に男の手にかかるよりは、女のほうがマシだということでね。親にも公認だったのよ。信じられる？」

「ずっと私のことだけ見て、私のことだけを好きだと信じていたの。それなのに少し前、あの子は学校の同級生と一緒に死のうとしたのよ。私の知らない間に、あの子は私ではない人を選んでた」

「そのときにね、気付いたの。私の一番大切なのはあの子だったんだって。私はただ雇われているだけなんだから、余計な情なんて持つものかと思っていたのに、あの子が死ぬかもしれないって判ったとき、もうどうすれば良いのか判らなくなって」

薄暗い照明はきちんと私の顔を見せてくれているのでしょうか。それとも、お人形さんの顔を映しているのでしょうか。私は黒川様の静かな声を聞きながら、身体の奥の空洞にその言葉たちが音を立てて落ちてゆくのを感じます。黒川様の虚ろな独白は一時間を超えました。

何十回目かの着替えのとき、服を脱いでいた私を黒川様は抱えあげ、服を足に絡ませたまま、うつ伏せにベッドの上に転がしました。黒川様の指が、コルセットの背面のグログランリボンを解き、ひとつひとつ穴から外してゆきます。全て外されたあと、その乾いた手は私の身体を反転させ、顔を包み、包まれた顔は上から降りてきた薄い唇にキスをされました。舌が唇を滑り、大きな手はデコルテを滑り、露になった胸を包みます。まだ柔かかった乳首は、指先で少し触れられただけで、すぐに硬くなりました。

硬くなったそれは私の意思とは関係なく、もっと強い悦びを求めて自己主張をします。黒川様の指はそれに応えるように、先端を爪で弾き、柔かな指の腹で抓《つま》み、余った指で抓んだ指の間から顔を出している小さな赤い花を擦りました。

「あぁぁ」

堪えていた声が喉の奥の方から漏れました。反対側にも同じことが施され、唇と吐息は耳に触れ、耳の下に触れ、肩に触れ、ゆっくりと胸まで降りてきました。アイスクリームを舐めるみたいに、硬く尖った舌先が乳首に触れます。そのまま柔かな唇がそれを包み、黒川様の脚が私の腿を割り、冷たい膝頭を押し付けたと同時に、私の身体は大きく震えました。

「感じてるの」

上目遣いに私の顔を見、低く艶めいた声で黒川様が尋ねてきます。私は下唇を嚙み、首を横に振ります。どんなに否定しても脚の間から生温かな蜜が溢れているのは隠しようがなく、黒川様の膝が動くたびに、湿った音が聞こえました。その音が激しくなると黒川様は膝を離し、突起した私の腰骨に嚙み付きました。肋骨の上だとか腰骨だとかくるぶしだとか、ほとんど肉の乗っていないところは、強く触れられると骨が鳴る。

「手を、手を握って」

「だめ、手を握ったら、さわれない」

その手は、腰骨から下にさがり、羽根で触れるかのように腿の内側を撫でました。

「脚を開いて」

「イヤ」

「この指がほしいんでしょう、だったら脚を開きなさい」

そう言いながら、黒川様の指は私の脚の間に入り、そこを撫で上げ、膨らんで硬くなった陰核を丸く擦りました。

「イヤ、やめて……」

「やめて良いの？　あなたのほうからこの指がほしいって言ってきたんでしょう。どこに指がほしいの、言ってごらん」

黒川様は指で触れるのをやめ、私の脚の間に顔を持ってゆき、尖らせた舌で皮を剝いた陰核を、音を立てて吸いました。

「ああっ」

黒川様の舌は強く、弱く、硬くなった私の陰核を刺激しつづけます。ジュレを啜《すす》るような音はそこに細かい振動を与え、もう我慢ができず腰を浮かしたところで、全ての刺激が止められました。

「いやあっ、やめないで、ちょうだい、お願い」

「どうしてほしいの、きちんとお願いしなさい」

耳元で、笑いを含んだ低い声が私に命令します。

「ああ……どうか、指をください、黒川様の指を」

脚の間、私の中に入れて。満たして。

「……良い子ね」

第一関節の曲がった中指が、一気に身体の中に入ってきました。

爪先から湧き上がるような快感が、一瞬で頭まで駆けのぼります。そのまま指は私の中を掻き回し、奥を突き、私は蜜を垂らし、黒川様はそこにまた口をつけて啜る。

膣を突かれ、陰核を愛撫され、私の身体は何度も波打ちます。ああどうか、この刻が終わらなければ良い。私の中にこの指がありつづければ良い。そう願ってもやがて果てはやってくる。糊のきいていた白いシーツはくしゃくしゃになって、達して抜殻になった私を受け入れました。荒く熱い息を吐く中、考えていたことはひとつだけ。

中指、中指、なかゆび。黒川様の、なかゆび。

仕事帰りに武田さんと会って、パニーニの食べられる店でお茶を飲みました。身体も心も疲れており、お酒を飲んだら倒れそうでした。バブルの名残のようなきらびやかなオープンカフェは、夜のひんやりした薄闇の下、お酒のメニューが乏しいこともあり人がまばらで、店員も暇そうです。頼んだ飲み物はすぐに運ばれてきました。

「あのね、好きな人ができた」

私の唐突なその言葉に、武田さんは飲んでいたコーラをふきだしそうになり、噎《む》せないよう慎重に飲み下してから、若干潰れた声で言いました。

「お洋服しか愛せない子だと思ってたのに」

「うん」

「どんな人？」

「武田さんが、コンクパールの指輪を売った人」

「やっぱりあの子、ユコちゃんとこのお客さんだったんだ」

「正確に言うと、そのお客さんの保護者みたいな感じの人ね。その人の指」

――嫁に出したの。

お嬢様はご一緒じゃないんですね、という問いに、黒川様はそう答えました。親の都合により、本当にあの子はお嫁にいったのだといいます。私のような人間でも名前を知っているほど大きな会社の、彼女は大切な「お嬢様」でした。そして黒川様はそのおうちの姓を名乗っているだけで、本当の名前は教えてくれませんでした。

私に対する悲しくなるような愛撫が、かつてそのままあの子に与えられていたのだとしたら、黒川様は彼女をどんなに愛していたのでしょうか。どんな思いで彼女を手放したのでしょうか。指輪と共に購入したプラチナのバングルは、ナイフの傷を隠し、二度と生命を絶とうとすることができないように、ぴったりとあの子の左手首を覆っているそうです。生き別れるよりも死に別れる方が何倍も辛い。そう言って黒川様は、バングルを外すための小さな鍵を、排水溝に流しました。

生き別れても死に別れても、人はいずれは忘れるのだから、そのときを待てば良いのではないですか。

ねえ、ここにいるのはあの子じゃない。ここにいるのは私よ。キッチンの流し台の前に佇む背中に、そう言いたかった。けれど、他者に理解を求めているわけでもない一方的な言葉に対する答えとして、私の声が伝わるわけがない。私の言葉は、永遠に黒川様の耳には届かないのです。

私は黒川様のワンピースを脱がそうとしました。くしゃくしゃになったベッドの上に押し倒し、馬乗りになってその薄い唇にキスをしても、服の上から胸を揉みしだいても、脚の間に膝をねじ込んでも、抗う力は弱くなりません。やがて逆に転がされ、組み敷かれ、私は、どうして、と問いました。

どうして、させてくれないんですか。

されるのは嫌いだから。

涙がこぼれてきました。何が悲しいのかよく判らないけど、たくさん涙がこぼれ、シーツを濡らし、それを見た黒川様は、どうしたの、と言いながら頭を撫でてくれました。

好きなんです。

ありがとう。

だから、させてください。

それはだめ。

じゃあ、せめて手を握ってください。

黒川様は右手を、そっと私の左手に重ねました。そして、ごめん、と言いました。

されるのが嫌いなわけじゃないの。でも、今あなたに触られたら、私はあなたに縋《すが》ってしまう。

じゃあ、縋ってください。

だめ。

どうして。

あなたは、あの子じゃない。

私は握った手を口元に引き寄せ、中指を口に含み歯を立てました。甘い草みたいな匂いのする指の根元では、濡れたように光るコンクパールが、震えながら私の愛撫を待っています。私はゆっくりとその核に舌を這わせました。舌が触れた瞬間、それは喜びの声をあげます。舐めるたび息づき膨らむコンクパールを守ろうとするかのごとく、ダイヤモンドの爪が私の舌を裂き、指輪は私の血で赤く染まりました。涙が止まりませんでした。


「指？」

「うん」

「ゴールドフィンガー？」

「うん、凄かった」

そう言って、私は傷に染みないよう口の奥の方にストローを突っ込んで、コーラを啜りました。

恋に落ちたその指は、私を突きながら、私を突いていないでしょう。武田さんの部屋の鏡に映る私のように、私は誰かのかたちをした入れ物で、誰かの代わりに鳴いているだけです。

その誰かは黒川様以外の誰かと一緒に、死のうとして失敗した。プラチナのバングルは過去の傷を隠すためのもの。犯したあやまちを封印するためのもの。黒川様にあれだけ愛されているくせに、ほかの誰かと死のうとするほどその人を愛することができるなんて。そして、ほかの人と死のうとした女を、まだ黒川様は愛しているなんて。

空っぽの入れ物だったはずなのに、私は今、その空洞をどうすれば良いか判らない。そしてきっとそれは黒川様も同様で、誰かに縋ることもできず、忘れることもできず、ただ過去に苛《さいな》まれ、あの薄暗い部屋の中、ひとりで膝を抱えているのでしょう。

ねえ、指に着けた、いなくなってしまった女の陰核を、せいぜい慈しむが良い。私の血に染まったその枯れない花びらを、飽きるまでいとおしむが良い。私だってあなたを好きなわけじゃない。あなたの指を好きなんだ。今まで私が恋に落ちてきた宝石や洋服と同じ。あなたの指だけが好きなんだ。

「武田さん、私のこと好き？」

私は尋ねました。

「好きだよ」

そう答える武田さんの目は、私ではなく私が纏《まと》っている新作のお洋服しか見ておらず、湛える色は黒川様の目に宿る悲しみにとてもよく似ていました。

コンクパールはとても高価な宝石です。

真珠のように、二枚貝を開いて異物を挿入することによる養殖はできません。巻貝の奥深くにその核は眠り、気まぐれに美しい珠を作り出します。この珠を作り出すコンク貝も、内側をツヤツヤと輝くピンク色に染めた、綺麗な親貝です。でも、誰もこの親貝には見向きもしません。親貝は、入れ物です。ピンク色に輝く美しい珠を育てるための、ただの入れ物です。

原宿の神宮前交差点。炎天下の真っ白い日差しの下、たくさんの人が横断歩道を渡り、たくさんの車が道をゆきかい、信号は点滅してまた人々の足を止める。揺らぐ地面を見てもスモッグに霞む空を見ても汗にまみれた人々を見ても、何も見つからない。

どこにあるの。

どこにいるの。

お姫様の恰好をした入れ物は顔のないトルソーのように立ち尽くし、ぐるぐると回る円盤状の世界の上で、かつてそこに入っていたはずの失せ物を、ずっと探しています。

春眠

枯れた花びらに埋もれるようにして、君が与えられた命をひっそりと終わらせたとき、私は泣かなかった。

黒く揺れ動く参列者の波の向こう、白い花の中に横たわる青磁のように美しい君を見て、それを冷たく固められた、ただの蠟人形だと錯覚したわけじゃない。君が死んだという事実を、私は理解していた。もうその紅い唇が言葉を紡ぐことも、薄青い目蓋《まぶた》が睫毛《まつげ》を震わせることも、細く白い腕が私に縋ることもないのだと。もし死んでいたのが私だったら、きっと走馬灯が回り、私は枯れた花びらの中に消えていった君のために泣いたかもしれない。ぼんやりと光りめぐる幻影の中、君を失ってしまった自分のために泣いたかもしれない。小さく天井に木霊《こだま》する誰かの啜り泣きは、幽静な鎮魂歌に似ている。

記憶という画用紙に永遠を描いた君よ、純白の翼を与えられるに相応しい君よ。そこには傷を癒す、君を包んでくれる柔かい毛布はあるだろうか。君を傷つけずに守ってくれる腕はあるのだろうか。

君の絶望に包まれた建物から一歩外に出れば、冷たく深く悲しい暗闇の中、ゆっくりと桜の花びらが舞い降りている。君の存在を押し隠すように、花びらは私の記憶の上に積もってゆく。

少し強い風と一緒に、窓から何枚かの桜の花びらが舞い込み、うつらうつらしていた私の唇にその一枚がはりついた。誰かの指が唇に触れ、それを剝がした。うっすらと目を開け、指の持ち主を探す。青っぽく見える白いシャツを、きっちりと第一ボタンまで締めていた。唇に触れた指の繊細な感じは女の子のものかと思っていたが、制服を見る限り、男子生徒のものだ。私は目をこすり、机に覆い被さっていた身体を起こして言った。

「なあに、具合悪いの？」

「寝かせてください」

繊細な指の持ち主は、まるでさっき変声期が始まったばかりかのような苦しげな声で言い、顔を歪ませた。私は保健室の利用表とボールペンを差し出し、窓側のベッドを使うように指示した。男子高校生の放つ青臭い感じがしないその未成熟な風貌から、中学校を卒業したての一年生かと思いきや、利用表に書かれた学年は二年生だった。利用の理由はめまいと頭痛。

「熱計る？」

「いいえ。窓閉めても良いですか」

花粉症か。私は軽く舌打ちして、全開にしていた窓を閉めた。春特有の霞がかった薄い色の空は、良い匂いの風を運んできてくれるのに。花粉症じゃない人間に、花粉症の辛さは判らない。その日の保健室の利用者は少なかったので、私はサービスで花粉症用のマスクをあげた。彼は、ありがとうございます、と苦しげな息をしながら笑顔を見せた。今時珍しく敬語が使えるし、サラリと感謝を述べることができる少年に、私は少し感心する。

「一時間したら起こすからね。それでも治らない場合は、担任に許可取って帰ってね」

「すみません」

少年はもそもそとベッドにもぐり込み、しばらくすると規則的な寝息を立て始めた。

昔は「保健室登校」という言葉があった。その実情を詳しく教えてくれたのは、八歳年上の数学教師だ。二浪一留しているのでキャリアは五年しか違わない。彼曰く、それは学校に来ても授業に出ず、保健室で一日過ごすことだと言う。今時の高校生はそんなことをするくらいだったら潔く家に引きこもるので、現在保健室登校の生徒はほとんどいないが、自傷する生徒は昔より確実に増えているため、対応件数も毎年増えている。

「ねえ、あなたのクラスのナントカいう背のちっちゃい女子、なんとかして。保健室は外科でも心療内科でもないんだって、担任のあなたからきちんと説明して」

ソファでテレビを見ている八歳年上の数学教師の中村に向かって私は叫ぶ。換気扇の音がうるさくて、叫ばないと聞こえないのだ。できあがったチャーハンを皿に盛り、換気扇を止めた。

「何、また切ったの？」

「四月に入ってからもう二度目よ。ホントに何が楽しいんだか」

しかも今回は切った手首に、更に太いホチキスを打ち込んでいた。馬鹿としか思えない。

「とりあえず消毒して包帯巻いておいたけど、多分明日あたり膿んで熱出すと思うから。

そしたら保健室には運ばないで。校長に許可とって病院に直行して」

「理解しようと歩み寄っても理解できなかったものですから、自傷は」

「手厳しいこと」

嫌な癖がついていた。保健室に来る少年少女を、まず最初に手首から確認するようになった。勿論《もちろん》切る場所は手首以外も、胸だとか腿だとかいうイレギュラーなこともあるらしいが、自己顕示欲および自己陶酔の強い子たちは、ほとんど手首だ。手当てだけはしてやるが、話は聞かないようにしている。私にはカウンセラーの資格も、医師免許もないからである。養護教諭になるためのカリキュラムにカウンセリングは含まれていたけれど、間違えた対応をして父兄に訴えられても困るし、そもそも自分で自分を傷つけるような行為をする生徒が、死のうと生きようと私には関係ない。

昼間、花粉症のために保健室にやってきた少年を思い出す。暖かな陽気につられて捲《まく》り上げたシャツの袖から伸びる彼の手首には、傷跡一つなかった。発育不良かと思うほど細い腕は白く、背など中学一年生の女子平均身長程度しかない私と十センチも違わないだろう。一時間後、起こすために肩を揺すって声をかけたら、少年は目を瞑《つむ》ったまま眉根にしわを寄せ、白い手で、肩に置かれた私の手をぎゅうと握った。手のひらがひんやりして気持ちよかったので、しばらくするがままにさせておいた。色素の薄い肌は、その下にある血管を覆う術《すべ》には長けておらず、閉じた目蓋を青っぽく見せる。筋の通った尖った鼻と、結ばれた薄い唇の美しさに見惚れながら、冷たい手を握り返したら、手首から血を垂らしながら、中村のクラスの女子が入ってきたのである。死にたきゃ死ね、という言葉を呑み込み、しぶしぶと女生徒の手当てをしていたら、少年は起きてきて、ありがとうございました、と言って保健室から出て行ってしまった。

寝顔をもっと見ていたかったのに、という願いはすぐに叶えられた。次の日も、次の日も、週が明けた月曜日も、少年は保健室にやってきた。これはもしや保健室登校というやつか、と不謹慎ながらワクワクしたが、一日じゅう保健室にいるということはなく、昼休み過ぎにやってきてきっちり一時間寝て、少し遅れて午後の授業に戻ってしまう。しかも使っている花粉症の薬が全く効かないらしく、日増しに症状はひどくなっていた。

「ねえ少年、薬変えれば？」

まだ睡眠から戻ってこられていない少年が、フラフラしながら授業に戻ろうとしているところを呼び止めた。彼は捲ってあった袖を下ろしながら答える。

「少年ではなく、僕の名前は岸田です」

「とりあえずコレを舐めてみたまえ、岸田」

私は近所の薬屋から買ってきた甜茶《てんちゃ》のグミキャンディを一粒、彼に渡す。彼は包み紙を取り、何の躊躇《ちゅうちょ》もなく口の中に入れ、二秒後に涙ぐんだ。鼻の利く人間だったら、その強烈な匂いに、口に入れるのを躊躇《ためら》うのだが、花粉症の人間は鼻が利かない。

「店主が言ってた。今出てる市販の飴の中では、それが一番効くらしいよ」

「まずい……」

「我慢したまえ。あっ、出すなコラ！」

私に口を押さえられた岸田は、涙のたまった目で私を見て、そのキャンディを嚙まずに飲み込み、非難がましく口を開いた。

「……こんなにひどい味のするもの初めて食べました。効くんですか、本当に」

「知らない。私、花粉症じゃないから」

しかしそのキャンディの効果は結構なものだったらしく、次の日の始業前、岸田は「柔かい飴ください」と言って保健室に入ってきた。グミキャンディという語彙はないらしい。

「効きました先生、すごいですよあの飴」

岸田は目を子供のように輝かせていて、なんとなく薄汚れた心の持ち主にはまぶしい。

私は袋から出したグミキャンディをふたつ、彼の手に握らせた。単純に考えて、ひとつよりふたつの方が嬉しかろうという配慮のつもりだったが、岸田は顔を曇らせた。

「足りない？」

「ひとつじゃだめですか」

「良いけど、なんで？」

「効き目が切れたらまたお昼に、保健室に来られる」

なんと返答すれば良いものか口ごもっていると、予鈴が鳴り、岸田は保健室を小走りに出て行った。


女子大を卒業したての私が、現在働いている高等学校に赴任してからすぐ、中村は私を口説いた。高校からずっと女子ばかりの環境にいた私はまだそこそこウブで、物事を論理的に考えられる大人っぽい彼と一度目のデートをしたときから、この人と結婚する、と勝手に決めていた。物心つく前に父親を失っているまだ二十二歳の私は、三十歳という少し枯れた響きのある彼の年齢も好きだった。

しかし彼が三度目の年男になった現在、私たちの関係はなんら変わっていない。互いに合鍵を持ち、週に三回くらいどちらかの家に泊まりにいく、というだけだ。最初のうちは毎日のように行っていた性交渉も、お互いに下腹が出始めてきた現在は、三月に一度あるかないかという気の抜けた状態で、同窓の女友達にそのことを話したら、彼女は彼氏ともう一年ご無沙汰だと言った。電話越しに「いいかげん若くないからね」と溜息をついた彼女と私はあと二年で、初めて出会ったときの中村の年齢に届く。

中村の家で、もう三時間ほど彼の帰りを待っている。ベランダから見おろしたところにある児童公園の桜の大木が、点滅を繰り返す外灯の光を受けて薄ぼんやりと光っている。ひんやりと冷たい夜風が、既に半分ほど緑色に変化したその枝の、懐かしいような甘い匂いをここまで運んできていた。時間が経つにつれて頭痛がひどくなってきており、夕飯を作る気にもならなかったので、そのまま帰ろうと煙草をベランダの空き缶に落としガラス戸を開けたら、同時に玄関の扉が開いた。中村が私の姿を見て、少し驚いたように言った。

「あ、来てたんだ」

「うん、でももう帰る。なんか体調悪くて」

「体調悪い人は煙草を吸ってはいけません」

ジャケットを脱いで私の横を通り過ぎる中村の身体から、柑橘系の混ざった石鹸のにおいがした。

「今日テニス部の練習あったの？」

「いや、自主練にしてるけど、なんで?」

「なんでもない。……帰るね」

私は鞄を掴み、靴を履き、何か言いたそうな中村を背に玄関の扉を閉めた。

玄関を開けたときに子犬みたいに走っていって、おかえりなさい、と抱きつく私を好きだった彼は、おそらく既に私に対して恋愛という感情は持っていないだろう。体調が悪いと訴えたとき、私が眠りにつくまで頭を撫でてくれていた彼は、もう何年も前の人になってしまった。なんだか色々なところから錆が入ってきて、いずれ元々それが何だったのかも判らなくなってしまうかもしれない。いや、もう判らなくなってしまっているのかもしれない、ふたりとも。


付き合って二年目まで、ゴールデンウィークはワクワクするものだった。四月が終わる前までに、旅行をするためのバッグを選んだり、雑誌を見て行程を組んだり、車の中で聴くCDを集めたり、そんな手順もひっくるめてとにかく楽しかった。三年目になってから、なんとなく出かけなくなり、その後は転任した教師の代わりに彼がクラブ活動の顧問に就いたせいもあって、連休はおろか、休日すらほとんど出かけない日々がつづいていた。今年の連休も、何の話も出ていないところをみると、何の予定も組まれていないないのだろう。

明日からゴールデンウィークということもあり、興奮した生徒達がおしゃべりをつづける放課後の校舎内は騒がしく、保健室だけがぽつねんとその喧騒から取り残されていた。年の近い英語教師が置いていった「ゴールデンウィーク穴場百選！」という特集の組まれた情報誌をパラパラと捲っていると、扉を開けて岸田が入ってきた。授業中寝ていたらしく、前髪が飛び上がっており、更に枕にしていたと思われる腕側のシャツの裾がズボンからはみ出している。グミキャンディは既に今日の昼で手持ちが終わっていた。

「先生、コーヒー飲みませんか」

柔かい飴ください、ではないようだ。

「飲まない。紅茶派」

「良かった。僕はコーヒー派なんです」

私には何が良かったのか全く判らないまま、彼は膨らんだ両のポケットから、缶コーヒーと缶紅茶を出して、紅茶を私のほうに置いた。そしてすぐさまそのプルトップを開けてしまった。これでは持って帰れない。

「君はコーヒーじゃなくて甜茶を飲みたまえ」

私は彼がコーヒーのプルトップを開けようとするのを制し、薬屋がサンプルでくれた甜茶のティーバッグを湯飲みに入れて、ポットからお湯を注いだ。

「美味しいんですか?」

「飲んだことないから知らない。多分まずいと思うよ」

岸田は私の向かいの椅子に腰掛けると、おそるおそる湯飲みに口を付け、ぎゅっと目を瞑って最初の一口を飲み下し、少し目を泳がせてから、意外といける、と言った。

「グミでその味に慣れたんでしょう。まだ帰らないの?」

「先生こそまだ帰らないんですか、明日から連休ですよ」

「一応私は職員だから、五時までは学校に拘束されるのだよ」

「じゃあ、僕も五時までここにいて良いですか?」

「良いけど、退屈じゃない?」

岸田は私の問いには答えず、嬉々として床に下ろしてあったひしゃげたリュックから、ノートと同じサイズのスケッチブックを取り出した。

「君は美術部か」

「違います。ここの美術部はアニオタばっかりなので」

うしろに回り込んでその中を覗くと、繊細な鉛筆の線で、綺麗な小鳥の絵が描かれていた。画面の右下には「ホオジロ」と記入してある。岸田はペンや鉛筆で膨らんだペンケースから、丸く減っている鉛筆を取り出し、スケッチブックの上に滑らせ始めた。

「実際に見ながら描いたの？」

「まさか。実物は動くので形も取れません。鳥類図鑑の写真を見て描いてるんです」

すごいね、と言うと、岸田は下を向き、頬を染めて照れた。

しばらくすると校内の喧騒も和らぎ、室内には岸田が紙に鉛筆を滑らせる音だけが、小さなラジオのノイズのように響いていた。先日の校内検診の書類が病院から届いていたので、不備の点検をして、岸田が何杯目かの出涸らしの甜茶を飲み終えたころ、五時を告げるチャイムが鳴った。私は書類をまとめ、白衣を脱いでロッカーに入れて、私服のジャケットとバッグを取り出した。

「鍵閉めちゃうから出て。もっと絵描きたいなら、図書室ならまだ開いてるからそこに行きな」

「あ、僕も帰ります」

岸田はあわててスケッチブックを閉じて、一呼吸ののちにもう一度それを開き、一頁を破りとって私に差し出した。そこには、下を向いて作業をしている私の顔が描かれていた。鳥の絵と同じく、睫毛の先に至るまでその線は繊細で、顔にかかったおくれ毛が、吐息で揺れるさままで見てとれた。

「三枚描いたので、一枚あげます」

岸田の顔は少し誇らしげだった。素直に誉めるのもなんとなく気に食わなかったので、私が「ありがとう」とだけ答えると、とたんに彼の顔は曇る。笑顔で「すごく綺麗」と付け加えると、彼もぱっと笑顔になった。

扉に鍵をかけ、教員用の昇降口にまわる途中、岸田が重そうなリュックを背負い直しながら、ゴールデンウィークはどこか行くんですか、と尋ねてきた。

「友達と飲みに行くくらいじゃないかね」

「一日くらい僕とデートしてくれませんか」

「どこで？」

「高尾山」

「なにそれ。絶対いや」

岸田は焦って、じゃあ秩父は、とか奥多摩は、とか追加提案をしてきたけれど、花粉症の人間がどうしてそういう花粉だらけの場所を選択するのか判らない。

「鎌倉なら一緒に行ってあげる」

私のその言葉に岸田は顔を輝かせ、じゃあ明後日の朝十時に大船駅の横須賀線ホームで待ってます、と言って生徒昇降口へ消えていった。人の都合も聞いてから決めてほしいと思うが、岸田のその態度に対して花が咲いたような新鮮な気持ちになって、私の口元は笑っている形にほころんだ。

二日後、中村から電話もないまま私は穿き古したジーンズと、古着屋で買ったお気に入りのスヌーピー柄の長袖Tシャツを着て、帽子をかぶって大船駅に出かけた。プール開きができそうな陽気と晴天で、早々にシャツの袖を捲り上げた。三十分遅れでホームに着くと、岸田は白い半袖のTシャツに膝丈のクロップドパンツといういでたちで、自動販売機に凭《もた》れて座り込んでいた。私の姿を見つけた彼は、立ち上がって手を振る。首には重そうなカメラと水筒がかけられており、背中にはいつものリュックがある。休日のパパなのか遠足の子供なのか。

横須賀線に乗り北鎌倉駅まで出ると、さすが連休、想像を絶するほど混雑していた。人の波に揉まれながら岸田が、私の腕を探って手を摑み、指と指のあいだに自分の指を滑り込ませた。外気は暖かいのに、私の腕には一瞬鳥肌が立った。そして人ごみを離れてから私がその手を外そうとしても岸田は、迷子になったら困るから、と言って離してくれなかった。

「僕、鎌倉初めて来ました。山があるんですね」

「うん。高尾山よりもマイルドだから、私でも歩ける」

鎌倉街道を鶴岡八幡宮方面に向かうと、やがて人の波が引けたころ、巨福呂坂トンネルの手前左手に建長寺が見えてくる。駅から結構な距離があるので、拝観料を払って境内に入った時点で私はぜいぜい言ってたが、岸田は嬉しそうに周りを見回していた。

「ここにハイキングコースがあるから、そこで良いでしょ？」

尋ねると、岸田は弾んだ声で、ハイ、と答えた。

日が昇るにつれ、どんどん日差しが強くなってきているが、そんなこと一向に構わず彼は「天園コース」の案内矢印に歩いていく。つないだ手がじんわりと湿り気を帯びてきて、急に不安になった。こんな姿を学校関係者の誰かに見られたら、どうやって言い訳をすれば良いのだろう。

山道というほうが相応しいハイキングコースを正統院方向に向かってしばらく進むと、半僧坊大権現につづく鳥居に着く。鬱蒼と茂った木々の中、半僧坊への数百の石段は、来た人間を追い返すかのごとく無機質に連なり、私は段数の多さに辟易したが、岸田は嬉々としてそれを上り始めた。汗をかくし息が切れるし、もうイヤだとうんざりしつつも我慢しながら足を動かしつづけてしばらく経つと、やがて大きな岩肌に立つ無数の烏天狗の像が視界に広がった。その姿は一体一体が緻密で、今にも羽ばたきながらこちらへ襲いかかってきそうだった。

「すごいすごい！」

岸田はつないでいた手を解き、カメラを構えてその烏天狗たちを写し始めた。彼の手を離れた私の手はぐっしょりと汗をかいており、私は罪にも似た気持ちを諫めるためにそっとシャツの裾でそれを拭いた。

半僧坊から少し歩いたところにある勝上献展望台は、思いのほか人が少なく、私たちはベンチに座ることができた。この展望台からは、半僧坊で上った数百段の石段のおかげで、出発地点である建長寺を遥か眼下に見ることができる。そしてそこから視線を上げれば、ジオラマのような鎌倉市街の向こうに海を遠望《えんぼう》できた。景色は陽気のおかげで霞がかっている。

岸田は首にかけた水筒から中身をコップに注ぎ、私に手渡した。とても喉が渇いていたので、私はありがたくそれを口の中に流し込み、ふきだしそうになった。

「なにこれ、マズい」

「ひどいな、甜茶ですよ。先生が僕に飲ませたんでしょう、我慢してください。飲み物はそれしかありません」

鳥のさえずりがうるさいほどで、岸田はしきりに上を見て、何の鳥かを確認しようとしている。やがて一際大きな、チチチチ、という鳴き声が聞こえると、岸田は立ち上がり指をさして、キセキレイですよ先生、と興奮した声で言った。指の方向には、生い茂った葉に隠れそうになりながら、腹が黄色く背羽が灰色の小鳥がまさに今飛び立とうとしていた。慌てて彼はカメラを構えたが、おそらく飛び立ったあとの揺れる枝葉しか写らなかっただろう。

「鳥、好きなんだね」

「好きです。だって飛べるんですよ、すごくないですか？」

「君は、大学は美術に行くの？ それとも鳥の研究をするの？」

二年生になれば日常的な質問なので、あまり何も考えずに尋ねたものだった。しかし岸田は少しの沈黙のあと、大学には行きません、と答えた。

「うち貧乏なんですよ、シャレにならないくらい」

「奨学金制度使えば？」

「返すあてなんかないし、僕が早く働かないと借金も返せない」

眉間にしわを寄せて瞳を伏せた岸田の顔はとても綺麗で、ついフラフラとお金を渡してしまう女がいてもおかしくなさそうだと思った。横顔を凝視する私に気付き、その表情をやめ、彼は笑顔で言った。

「鎌倉、来てくれてありがとうございます。大船で、あと二時間待っても来なかったら帰ろうと思ってました」

「二時間は待ちすぎだろうよ」

「来てくれてすごく嬉しいです。本当にすごく楽しい。お腹すきませんか？　何か食べましょう」

岸田は立ち上がると再び私の手を握って引っ張った。ぎゅう、とその手に力がこもると、心が同じ力で引っ張られていくような気がした。

ゴールデンウィークの最終日、とってつけたように中村から呼び出され、ちょっと洒落た居酒屋でご飯を食べて、とってつけたように泊まっていけば、と言われ、断って家に帰り、休み明けは自分のアパートから出勤した。あと二年で、出会ったころの中村と同じ三十歳になる。二十二歳のころに大人だと思っていた三十歳は、意外に二十二歳とあまり変わらない感じで、それは私だけなのかと思っていたら、休み中に飲みに行った女友達も同じことを言っていた。二十歳を過ぎると、時間が経つのだけ早くて、中身の成長が遅くなる。

——私はこの先、どうすれば良いのだろう。

あまり考えないようにしていた問題だけれど、あと二年で三十歳。避けては通れない。

岸田に握られた方の手を、反対側の手で握ってみる。その手のひらの感触を思い出すと、胃の下のあたりが甘く疼いた。こんな感じ、中村にはあり得ない。そして、何日も会えないことによって胸の奥が絞られるような感覚も、中村に対してはあり得ない。もう三週間、岸田は保健室に姿を見せていなかった。

新しく買ってあった甜茶のグミキャンディは連休後、開封すらされていない。担任の教師にそれとなく尋ねてみたところ、岸田はそもそも登校していなかった。入学時の連絡先電話番号はつながらない、今時の高校生には珍しく、携帯電話も持っていない。自宅を訪ねても誰もおらず、担任の教師も困り果てていた。

六月初めの放課後、中村のクラスの自傷女生徒がまた手首から大量に血を垂らしながらやってきた。この子も中学生かと思うほど背が低く発育不良だが、実は三年生だ。五月には一度も来ていなかったので、久しぶりと言えば久しぶりである。衣替えのために露になった彼女の腕は、小さな傷が大量に増えていた。保健室に来るほどでもないのを何度もしていたのだろう。私は傷口をアルコールで消毒し、ガーゼを貼って包帯を巻いた。女生徒は無表情にその様子を見ている。

「そろそろ梅雨入るから、あんまり切らないようにね。膿むと大変だから」

女生徒は利用表に名前を書き、傍らに置いてあったグミキャンディを凝視した。

「食べる？　すごく美味しくないと思うけど」

こくんと頷き、彼女は包帯の巻かれていない方の手を差し出した。袋を開けてキャンディを何個かその手の上に置くとすぐさま包み紙を取り、かつての岸田のようになんの躊躇もなく口に放り込み、岸田と違って、もぐもぐ噛んだあと特にまずそうな顔もせずに飲み込んだ。欠食児童のようだ。

「ねえ、なんで手首切るの？」

私は尋ねた。岸田が現れなくなってから、自分でもおかしいんじゃないかと思うほど落ち込んでいた私は、こういう状態を多分鬱というのだ、と勝手に解釈し、こんな気分の人がうっかり手首を切ったりするのだろうか、と考えていた。

「痛くない？」

我ながら間抜けな質問だったが、訊かれた女生徒は、痛いですよ、と明白に答え、更に言葉をつづけた。

「三年目にして初めてそういうことを訊いてきましたね、先生」

「興味なかったもんで」

「先生がそういうこと言って良いんですか」

「良いの。養護教諭のカウンセリングは、厳密に言えば受験相談とかまでで、君みたいに重症なメンタルに関しては心療内科の領分なの」

「一般的な話をしてるんじゃありません。あなたがそういうことを言って良いんですか、という話です」

責めるような口調にも拘らず、女生徒は相変わらず無表情だ。考えてみれば、二年も手当てをしておきながら、この女生徒の名前すら私は憶えていない。そっと保健室利用表に目をやると、和泉《いずみ》、とだけ書かれていた。和泉は私が答える前に、言葉をつづけた。

「私、先生がいつ助けてくれるんだろうって、ずっと待ってるんですけど」

「そういうのは私じゃなくて、専門のお医者さんに相談してほしいんだけど」

「……何も判ってない」

彼女は持っていた残りのキャンディを私に力いっぱい投げつけ、椅子から立ち上がると、ゆっくりと保健室を出て行った。

校庭の植栽の下に蟬《せみ》の抜殻が現れはじめ、窓を開けていると水泳の授業を受ける生徒たちの笑い声が遠くに聞こえる。姿を消した岸田の代わりかのごとく、和泉は以前よりも頻繁に保健室を訪れるようになった。来るたびに出血をしていたらさすがに血が足りなくなると思ったのか、自傷は一週間に一回くらいのペースである。

「まだ助けてくれないんですか。いいかげん死んじゃうかもしれませんよ」

和泉は傷痕で真っ黒になった腕を私に突きつける。

——死にたいから切ってるんじゃないの？　私に何をしてほしいの？

キャンディを投げつけられた所がなんとなくずっと痛くて、保健室に通う彼女をどう扱えば良いのか、私は正直持て余していた。過食にもなっているらしく、彼女の左手中指の付け根には吐きだこができていた。

そして、和泉を持て余す気持ちと岸田が消えた寂しさを象徴するかのように、パソコンの調子が悪くなり、数日後、カコンという音を立てたきり動かなくなった。

夏休み初めに開かれる学会の発表資料を作る必要があったので、二日後から夏休みに入るいま、壊れられると非常に困る。職員室のパソコンにもIT実習室のパソコンにも、私が気に入っている編集ソフトが入っていないため、私はそのソフトが既にインストールされている、中村の家のパソコンを使わせてもらうことにした。

几帳面な彼らしく、私の宿泊が週に三回から週に一回になっても、なんらその部屋に変わったところはない。玄関を入って正面に置いてある古いデスクトップパソコンの主電源ボタンを押し、OSが起動するまでの間が暇だったので、私はベランダに出て煙草を吸った。中村は私のことが好きだったが、唯一、煙草だけは嫌な顔をしていた。どんなに暑くてもどんなに寒くても、部屋の中で吸えないのは彼が煙草嫌いのせいだ。

一服して中に入るとOSは既に起動しており、私は持参したデータの入っているメモリをUSBポートに接続し、中身を開いた。

テキストファイルが五個だけ出てくれれば良いはずなのに、ディスプレイにはあるはずのない画像ファイルがすごい勢いで展開されてゆく。何がおきたのか判らず、私はただ画面を見つめることしかできなかった。パソコンに接続したのは持参した下書きが入っているはずのメモリではなく、マウス横に転がっていた同じ色、同じメーカーの、中村のものだったらしい。ファイル展開が終わると、サムネイルに表示されたものは大部分が肌色を占める画像で、その数は百を超えていた。

男子の性衝動は自然なものです。自慰も特に我慢しなければいけない訳ではないんですよ。

——自分という彼女がいながら、裸の女の子の画像を集める彼氏を持つ女にそれを言えますか？

あんな顔してあんな性格でも、こういうものに興味があるのか。私は縮小表示されている画像を順番に拡大していった。白いシーツの上で、写真の女の子は裸に目隠しをしている。目隠しをして腕を上に縛られ、脚をMの字に開かされている。露になっている潤んだ女性器よりも、縛られた腕に巻かれた包帯に目がいった。

手首に自傷する女の子なんて、珍しくない。そう自分に言い聞かせ、次々と画像を拡大していった。

目隠しされたままの女の子の胸部は肋骨が一本一本の接合まで露になり、無理矢理押し広げたような股関節は成長しすぎた腫瘍を思わせた。飢えた子供のように貧弱な身体だった。その少女は、紐の結わえてある洗濯ばさみで赤く充血した乳首を挟まれていたり、性器に樹脂でできた張り型を突っ込まれていたり、膝を立てた恰好でうしろから撮影された画像では、それに加えて裂けて血の流れ落ちる肛門にもう一本太い張り型が埋め込まれていたりした。胃の中が渦を巻く。気持ち悪い。これは何。

画像の番号が大きくなるにつれ、裸だった女の子は、着衣になっていった。下着をつけ、その上に纏っていったのは、白い丸襟のブラウスに、グレンチェックのプリーツスカート、そして白いハイソックス。とてもよく知っている服装だった。目隠しをした女の子が制服を全て着用し終えた画像で、私の手は震えた。多分、次の画像で彼女の目隠しは外されるだろう。

私は痙攣する手でマウスを動かし、ビューアーを閉じた。そしてそのまま立ち上がり、ふすまを開けて寝室に入る。数式辞典だとか相対性理論だとか、私が読んでも判らない本ばかり並んでいる本棚のおもてを勢いよくスライドさせ、うしろの段を見た。古ぼけたプラモデルの箱や、カメラの雑誌、アイドルの写真集などが雑然と入っているさまが目に付く。一番下のスペースに、何も記入されていない小さなダンボール箱が入っていた。私はそれを引っ張り出し、蓋を開けた。中には色褪せたポケットアルバムが何冊も入っていた。その一番上のを取り出して開き、思わず息を呑む。

収められていたのは、セーラー服を着た私の写真だった。うしろには高等部の校門が写っている。

もう一冊取り出して開くと、そこにはやはり高校生の私がいた。水泳帽をかぶり、臀部の肉がはみ出したのだろう、学校指定の水着の裾を直している。もう一冊取り出して開くと、今度の私は体操服を着ていた。黒いブルマの中に体操服を入れるというかっこ悪いいでたちで、座り込んで脚を九十度に開き、柔軟体操をしている。

埃っぽいそのダンボールの中に、アルバムは全部で三十冊存在した。一枚違わず全て高校生の私が写っている写真だった。ただし、レンズに目線を合わせているものは一枚も存在しない。全て私の知らないところで撮影されている。私は座り込んだまま、床に散らばった大量のアルバムを見つめた。

ねえ、中村は最初に私をなんて言って口説いた？　小さくて可愛い子が好きなんだ。君は子供みたいで本当に可愛いよね。守ってあげたくなる。

父親の愛情を知らない私はずっと、父親の存在に飢えていた。亡くなった父親の実家から援助があったおかげで、私立学校に通える程度に家は裕福だったが、金銭的に満たされていても全てが満たされるわけではない。満たされていない子供は、満たされている子供よりも早い成長を余儀なくされる。

ねえ、私は子供じゃないの。子供のふりをしたかっただけの二十歳過ぎた大人なの。人間だから、成長もするの。セーラー服の私が好きだったのなら、その時だけの思い出にしておけば良かったのに、どうして大人になると判っている私を、優しい普通の男のふりをして口説いたの。

私はアルバムを窓に投げつけるとパソコンに戻り、ビューアーを立ち上げて、最後の写真を開いた。心拍数がどっと上がる。視界が歪んでいく向こうで、まっすぐに揃えた黒い前髪の下に光る目を充血させて、こちらを射るように見つめる和泉がそこに立っていた。

玄関の扉が開く音がして、私の身体は反射的にびくんと震えた。

気付けばもう夜の八時をまわっている。パソコンの主電源を落とそうとしたがフリーズしたらしく、ディスプレイには和泉の画像が留まりつづけた。扉が開き、中村が入ってくる。私は咄嗟《とっさ》にメモリを抜き、ポケットに滑り込ませた。

「何してんだよ!」

ディスプレイの写真と私を見て、中村は血相を変えて叫んだ。知らない男がそこにいた。こんな怖い顔見たことない。私は答えず鞄を摑み、玄関に向かった。中村は私の手首を摑み、部屋から出て行くことを阻止する。何してたんだよ、答えろよ。その腕を渾身の力で振りほどき、よろけた男の肩に恐怖と嫌悪の全てを叩きつけた。玄関の段差に足を取られ、中村はどさりと音を立てて床に倒れ込む。私はその隙に靴を履いて、地上への階段を駆け下りた。追ってくる足音がうしろから聞こえる。

外は結構な勢いで雨が降っていた。雨粒が顔にあたって痛い。私は通りをのんびりと流していたタクシーの前に走り出て止めて乗り込み、ふざけんな危ねえだろとわめく運転手に、自分のアパートのある町の名を告げた。急いで! お願い急いで! 運転手は驚いて私を振り返ったが、そのうしろから迫り来る、パッシングをつづけるフロントライトを見て事情を察してくれたらしく、ぐん、とアクセルを踏み込んだ。

信号で引き離し、裏道を通ってくれたおかげで、中村よりも先にアパートに着くことができた。中村の形相を思い出すと、全身がガタガタと震えた。雨水の溜まった室外階段を震える足で上ると、部屋の扉の前に、誰かがいた。室外灯の薄暗い光の中、扉に凭れかかって蹲《うずくま》っているその姿が誰なのか、すぐに判った。

「岸田」

私が声をかけると、彼は膝にうずめていた顔をあげ、私を見た。美しかった頬は痩せこけ、髪の毛はぼさぼさに伸びていた。

雨の中、低いエンジン音が聞こえてくる。中村がもうそこまで来ている。私は急いで扉の鍵を開け、岸田を立たせると扉の中に放り込み、私もつづけて中に入り、鍵を閉めドアチェーンをかけた。

「会いたかった、先生」

岸田は玄関に座り、腕を伸ばして私の手を摑んだ。扉の外からは、バタバタと階段を駆け上がる足音が聞こえてくる。

「でも、もうお別れです、最後に会えてよかった」

外にいる人間は、扉を乱暴に叩き始める。足でも扉を蹴りつける。安普請《やすぶしん》の木造アパートの扉は薄く、それは凄まじく大きな音だった。開けろ、何を見たんだ、人の部屋に勝手に入って勝手に人のものをいじるなんて異常だろう、開けろ、開けろ、話し合おう、開けろってってんだよこのバカ女。

「先生が好きでした。僕のことをちょっとでも好きでいてくれたなら、僕のこと忘れないでください」

　私は身体中を重く衝《つ》く激しい罵詈に耐え切れず、玄関に蹲り耳を塞ぐ。岸田の細い腕が私を包んだ。私のものか岸田のものか判らない汗のにおいがした。

　岸田の腕に守られ、どのくらい時間が経っただろうか。永遠につづくのではないかと思われたその殺人的に乱暴な騒音は、パトカーのサイレンで終わりを迎えた。おそらく近所の誰かが異常な状況に気付き、通報してくれたのだろう。扉の外の人間は、サイレンと赤い回転灯に気付かず扉を叩きつづけ、私へ向けられていた怒声は騒音が止んだ直後、第三者への罵倒の言葉に変わった。

　立ち上がり、魚眼レンズから外を窺う。中村は両腕を青い服の警官たちに掴まれて暴れていた。扉からその姿が遠ざかるのを待ち、鍵をあけてドアノブを回すと、私はポケットの中からメモリを出して、こちらを振り返った警官に差し出した。

「あの男が所持していたものです。中に写っている児童は十七歳です。あとの対応は警察に任せます」

「あなたは？」

「同じ学校に勤める教員です、恋人でした」

あなたにも参考人として出頭してもらうかもしれませんが、また後日。そう言って警察はふたりがかりで、犯罪者をパトカーへと連れていった。彼の叫び声は、最後はなんだか動物の鳴き声にしか聞こえなかった。

夜の雨の中へ赤い回転灯と共に消えていったかつての恋人とは、もう言葉も通じない。静かに扉を閉めて振り返ると、枯れたススキのように岸田が立っていた。嵐の去った静けさに私は腕を伸ばし、痩せこけた身体を抱きしめた。汗くさいのは岸田の方だ。日向の子供の匂いだ。その匂いを胸一杯吸い込んで、吐き出したら、一緒にどっと涙が出た。

先生がいつ助けてくれるんだろうって、ずっと待ってるんですけど。

和泉の言葉が今更になって蘇る。デジタルカメラの普及によって、倫理上街中のプリントショップで現像ができなかったような写真も、パソコンで簡単に見られるようになった。高校生の私の写真には、裸のものはなかった。簡単には現像できなかったからだ。対して、和泉は裸だった。口にも、膣にも、肛門にも、無機質な器具を咥え込まされ、そんなあられもない姿を写真に撮られ、どれだけの血を流したことだろう。どれだけ私に助けを求めたことだろう。

ごめん、気付かなくてごめん、今まで助けてあげられなくてごめん。痛みを判ってあげようとしなくて、本当にごめん。泣いている私を、岸田の腕が抱きしめ返す。

「お願い、行かないで。ひとりでいられないの、今日だけで良いの、傍にいて、助けて、お願い」

私は泣きながら叫んだ。岸田は何も言わず、泣き止むまで私を抱きしめつづけた。

天井に響く雨の音が消えてゆく。風呂に入り、寝間着を着て、岸田が持参した甜茶を飲んだ。部屋の灯りは今の私たちには明るすぎる。カーテンを開け、すりガラスの向こうから漏れるぼんやりとした外灯の光が作る薄闇の中、私たちは壁に凭れかかり、並んで座っていた。

「別にもう梅雨もあけたし、甜茶の必要はないんじゃないの？」

「なんとなく癖になって」

岸田は私の女物の寝間着を着て、照れくさそうに笑う。今までどうしてたの、という問いに、彼は、逃げてました、とだけ答えた。そしてぼろぼろのリュックサックからスケッチブックを出して、私に手渡した。表紙を捲ると、そこには見たこともない何十もの鳥が描かれていた。

「鳥類図鑑なんか持っていなかったから、これは全部実物を見て書いたんです、あ、この鳥コジュリンて言って、北のほうにいるんですよ」

岸田の説明を聞きながらぱらぱらと頁を捲っていって、私は一枚の絵で手を止めた。白い画用紙には鳥の姿ではなく、私の姿が描かれていた。横を向いて木の枝に腰掛けている、今の大人の私。

「この鳥は、僕の心の中にいるんです」

私の形をした鳥の背中には大きな翼が生えていた。翼はやがて音を立てて広がり、飛び立つ準備を始める。

中村の心の中にいる私は、永遠の少女だった。セーラー服を着て笑う私を鍵のかかった鳥籠に飼い、時が経つにつれて鳥籠が窮屈になっても、彼は決して鍵を開けようとしなかった。鳥籠の中で壊死《えし》していく私を彼は記憶から消し去り、弱々しく飛んできた別の少女を捕らえ、その翼を引き千切って別の鳥籠に飼ったのだ。

——翼がほしいのは、岸田のほうだろうに。

私は翼の生えた自分を見て、下唇を噛んだ。

岸田が学校に来なくなったころ、岸田の担任は、以前に繁華街で彼を保護した話を私だけにした。終電間近の繁華街の雑踏に紛れ、岸田は見知らぬ男に肩を抱かれて歩いていた。担任は、それが岸田だと即座には判断することができなかった。彼は他校の女子生徒の制服を着ていたのだ。担任は彼に声をかけるために近付いていった。教師に気付いた岸田は傍らの男の腕を振りほどき、走り出した。担任はそれを追いかけて、腕を摑んだ。こんな遅くにそんな格好で何をしてるんだ。その怒鳴り声に岸田は身をすくめ、泣いた。お願いです、見逃してください、お金が必要なんです、お願いです。その泣き声に担任は言葉を詰まらせた。彼は岸田の親から学費も積み立ても振り込まれていないことを知っていたし、一学年の三学期に行われた三者面談に親が現れなかったことも知っていた。高校だけは卒業したいんです、お願い、見逃してください、お願いです、お金がないんです。

私は腕を伸ばし、岸田の頰に触れた。冷たく薄い頰だった。顔を寄せ、頰にくちづけた。唇にも。岸田の唇は震え、そして受け入れた。腕を背中に回し、寝間着の裾から手を入れると、少年の背中は滑らかに硬かった。

「抱いて」

私が言うと、岸田は首を横に振った。

「僕はまだ十六歳です、僕があなたを抱いたら、あなたは犯罪者になってしまう」

中村のように。

岸田は静かに泣いていた。そして、好きだから抱けません、と言った。私は服の上からそっと、彼の脚の間を撫でた。そこは既にしこり、溢れ出る体液でじんわりと服を湿らせていた。私は彼の着ている寝間着のボタンに指をかけ、外していった。薄暗い部屋の中で、彼の白い肌が浮かび上がる。だめです、と言いながらも岸田は抗わなかった。

上も下も全て脱がすと、白く光る身体の中で、中央だけが水に溶かした絵の具を落としたように、赤く染まっていた。私は立ち上がり、着ていた寝間着の上下を脱いで、座ったままの岸田を見下ろした。

「このまま、私を抱いて。私に触れずに私を思って抱いて」

私を見上げる岸田の潤んだ瞳を見つめ、私はその唇が身体を這う様子を思った。その手が私の乳房を摑む様子を思った。その硬い少年の証から流れ出る透明な体液の味を思った。そしてそれが私の中に音を立てて入ってくる様子を思った。

私の身体を見ながら、岸田の手は、自身を愛撫する。

切なく掠れた吐息が私の身体を撫でて、足元へ溜まってゆく。

孵化《ふか》する前の卵の中は、きっとこんな感じなのだろうと私は目を瞑り、生温かな吐息の海にたゆたう。

脚の間から蕩けた水が滴る。それは吐息の海に混じり、ますます水嵩《みずかさ》を増して私は沈んでゆく。

「岸田」

私の呼びかけに岸田は、ああ、と苦しげな声をあげ、涙を流した。

「先生」

左腕が私に縋って宙を掴む。ふ、と風を感じた刹那、枝に腰掛けていた白い翼を持つ鳥が、羽を広げ、空へ飛び立っていった。

その夜、私は天使の腕の中で眠りに落ちた。

桜の花びらに始まり、桜の花びらに終わる。

舞い降りる花びらを差し出した手のひらに受け、私は空を仰いだ。夜逃げ、という三文字で簡単に片付けられてしまう小さな事件は、雪の季節を越して、桜の蕾が膨らみ始めてから明らかになった君の自死をもっても、既に除籍になっていた学校内では小さな事件のまま幕を降ろした。

あの日、眠りから覚めたら消えていた君は、もう既にこの世の人ではなかったのかもしれない。姿を見せない父親の代わりに葬儀を行った親戚と、かつての級友たちは、まもなく雨になるという噂を聞いて、早々に引き上げていった。一番綺麗だったころの君の姿に死化粧を施された、かつて君のものだったはずの身体は、明日になればただの灰と化す。

強い風が吹いて、沢山の桜の花びらが夜空を吹雪のように舞った。記憶の風穴にそれは吸い込まれ、深く暗い闇の中にしんしんと降り積もってゆく。差し出した手のひらには、風で飛んでいった花びらの代わりに、雨粒がひとつぽつりと落ちた。ふたつみっつ、ぽつりぽつりと手のひらを濡らし川を成す。

ねえ岸田、手をつないでくれないと、私は迷子になってしまうよ。

雨足は次第に強くなり、ざあざあという雨音は柔かな檻《おり》のごとく、私をひとり、満開の桜の下に置き去りにした。

ひとりきりでは、迷子になることもできなかった。

光あふれる

身体のそこかしこには夫の余韻がまだじんじんと残っている。パジャマのズボンの中に手を入れると、やはり奥のほうは湿っていて、寝ているあいだに夫に抱かれていたことを知る。

ティッシュでそこを拭い、私は布団から出ると壁に掛けてある出勤用の服に着替えた。そしてパンをトースターに突っ込み、冷蔵庫の中からジャムの瓶を出す。蓋を開けたらもう瓶の底が見えた。スプーンで側面にこびり付いているそれをかき集め、焼けたパンに塗る。夫は既に出勤したあとだった。

古い二間のアパートで、私と夫は暮らしている。ふたり暮らしだけどテーブルは小さな四人がけだ。いつ子供ができても大丈夫なように。その上を見遣ると、一万円札が一枚置いてあった。これが最後の一枚。大切に使わなきゃ。

トーストを食べ終わったあとは、身支度を整える。歯を磨き、顔を洗い、肩甲骨くらいまで伸びた黒い髪の毛をふたつに縛る。これが私の所属する社会の規則だ。お化粧もだめ、髪の毛を染めるのもだめ。今の時代には厳しい規則だと思うけれど、仕方がない。従わなければいずれ排除される。

重い鞄を肩にかけ、家を出て二十分ほどで勤務先に到着するが、その短いあいだにも私はほかの人たちからじろじろと見られ、小声で噂された。

あそこの家、ご主人帰ってきてないんでしょう。

やっぱりね、まともなお仕事の人じゃないものね。

――放っておいてくれ。夫は仕事が忙しくて帰れないだけだ。現にあんたたちだって、夫の働く姿をどこかで目にしているはずだろう。

声には出さず、私は心の中だけで抗議する。ときどき勇気を出してその声のほうを振り向いてみるものの、声の主が誰なのかは判らない。

朝九時から約七時間の勤務ののち、再び家に戻る。アパートの郵便受けには、どこかで見たことのあるような名前宛てに、金融業者からの封筒が届いていた。私はそれをビニール袋に入れ、ドアノブに引っ掛け外に放置する。

今日もきっと夫は遅い。またひとりで寝て、寝ているあいだに夫に抱かれ、朝起きたときに彼の痕跡を確かめるのだろう。

私が夫と出会ったのがどれくらい前なのかもう忘れてしまったが、冬の軽井沢で出会ったことだけは憶えている。彼は仲の良い友人四人と共に軽井沢銀座に遊びに来ていた。私は連れとはぐれてしまい、寒いのと怖いのと寂しいのとでひとり泣きながら通りを歩いていた。そのとき、彼が声をかけてきてくれたのだ。

――ねえ、寒いから、あの店でコーヒー飲もうよ。

コートの首周りにあしらわれたふわふわとしたファー、そしてゆるくパーマのかかった髪の毛に囲まれた彼の顔は、私に優しく笑いかけた。

彼は、私が今まで生きてきた中で見た、一番美しい顔を持つ男だった。彼のうしろに並ぶ彼の友人たちもまた、揃いも揃って美しかった。私は泣いていたことも忘れ、彼に言われるままその小さなコーヒー店に入り、彼らとテーブルを囲んだ。

――おまえこのくそ寒いのに、なにソフトクリームとか頼んでんだよ。

――いいだろ、俺はコーヒーよりソフトクリームが好きなの。

――あとで腹壊しても知らねえぞ。

――ねえねえ、これなに？　アフォガートって。

――俺知ってる。アイスクリームにエスプレッソかけたやつだよ。

――すげえ、物知りだなおまえ！

――アイスにコーヒーかけたら普通に溶けんじゃねえ？

彼らの楽しそうな会話に、それまでの寂しいのと怖いのは吹き飛び、いつの間にか一緒になってケラケラと笑っていた。私がそこでなにを頼んだのかは忘れたが、彼が注文したものは憶えている。アフォガートだ。彼はエスプレッソの苦味に顔を顰《しか》め、アイスクリームの甘さで笑顔になり、その冷たさでまた顔を顰めた。その一連の動作がまた美しく、愛しかった。

私たちはすぐに恋に落ちた。結婚するまで、それほどの時間は掛からなかった。


夫は私が起きている時間には家に帰ってこないが、月曜日の午後十一時と土曜日の朝八時にテレビをつけると会うことができる。そして毎月七日に発売される雑誌で、彼の顔と発言を確認できる。

軽井沢で出会ったとき一緒にいた夫の友人たちはまだ夫と仲良しで、テレビに出るのも雑誌に出るのも、いつも一緒だ。私は勤務先から帰ってくる途中にある商店街の本屋に毎日立ち寄る。この本屋は店舗の外の棚に雑誌を陳列しているので、店の人の視線を感じることなく夫の顔を確認することができる。一昨日発売された雑誌で、夫は「夏のデートで行きたいところ」について語っていた。

『やっぱり女の子には浴衣《ゆかた》を着てほしいな。花火大会はもちろんだけど、普通に映画を観たり食事するときも着てくれたら嬉しいよ。だって浴衣って可愛いでしょ？　髪の毛をアップにするんだったら、簪《かんざし》は俺がプレゼントしてあげる！　あとは定番だけど海かな。俺はサーフィンするけど、そんな俺を砂浜で見守っててほしい。手作りのお弁当があったら最高だね！』

まったく、と私は溜息をつく。毎回こんなことばっかり言ってる。私という妻がいるのに。けれど彼の顔は相変わらず美しく、その笑顔を見ると私はいつも許してしまう。三十分ばかり同じ頁を眺め、雑誌を本棚に戻す。そしてまだ見足りないと思って再度本棚から抜いたとき、うしろから名前を呼ばれた。

「ねえ柴田さん、寄り道って禁止じゃなかったっけ？」

咄嗟に雑誌を戻し、振り向くと、同じ勤務先に所属する女子が三人、私のことを見て笑っていた。私と同じ服を着て同じ鞄を持つ彼女たちは更に言った。

「毎日毎日、同じ雑誌見てるよね。買わないの？」

「ちょっと、可哀想だよ。柴田さんち貧乏なんだから。買わないんじゃなくて買えないんだよねー？」

……馬鹿じゃないの。私は彼女たちの発言に鼻白む。彼は私の夫なの。雑誌なんか買わなくたって一緒に暮らしてるんだから、実物がいるんだから、雑誌なんかいらないの。

私が黙ったまま睨んでいると、彼女たちのひとりが腕を伸ばし、私が棚に戻した雑誌を手に取る。

「五百八十円か。たしかにお小遣いじゃ高いかもね」

「えー？　私お小遣い五千円もらってるよ？」

「あんたマジむかつく。私お小遣いなしなのに！」

「でも服買うときは言えばもらえるんでしょ？」

「そっちのほうが良いよー」

じゃあね、柴田さんバイバーイ。

彼女たちは私に興味を失ったらしく、手を振って去っていった。何が可笑しいのか甲高い笑い声が響く。

彼は私の夫なの。去ってゆく背中に、私は心の中で叫ぶ。

ふたり分の夕食を作り、私は夫の帰りを十一時まで待った。今日は月曜ではないのでテレビの画面でも夫に会えない。十一時を過ぎたころ、おなかが空いて眩暈がしてきたため、私はひとりで夕食を摂った。今日はあなたの好きな焼きそばだったのに。夫のぶんはラップをかけて冷蔵庫に入れる。しかし既に冷蔵庫は彼が食べなかったぶんの夕飯でいっぱいになっており、新たな皿は入らない。仕方なく奥のほうから古い皿を取り出し、三角コーナーに捨てた。色とりどりの黴で一気にカラフルになった。

きっと私が寝たら夫は帰ってくる。寝支度を整え、私は布団の上に寝転がり目を閉じた。

思ったとおり、寝付いたあと、夫は帰宅した。私はもう寝ているので起きられない。微かな香水の匂いが鼻を掠め、彼の髪が頰に触れる。

——ただいま。

おかえりなさい。

——早く亜由《あゆ》に会いたかったよ。毎日遅くてごめんね。

ううん。お仕事大変だもんね。

——亜由は偉いね。愛してるよ。

私も、と答えるより前に唇を塞がれる。柔かくて湿った唇は私の唇を啄《ついば》み、やがて激しく吸い付き舌を差し入れられる。夫の舌は蛇のように私の舌を探し、絡め、私は彼の舌から分泌される甘い唾液を何度も飲み込む。

――亜由、愛してる。

いつもそう言って夫は私のパジャマを脱がせる。作り物のように美しい指で前のボタンを外されている時間が一番もどかしかった。早く脱がせて、その手で触って。そう思うのに夫は焦らすようにたくさんの時間をかけるのだ。

唇から頰へ、頰から首筋へ。夫の唇と舌が唾液の筋を作りながら動き回る。私は声を押し殺し布団を摑むが、音を立てて乳首を吸われたらもう我慢ができなくなる。ああ、と声を漏らすと、しかし夫はそれをすぐに止めてしまうのだ。

――何をしてほしいの？

暗がりの中でも唾液に濡れて赤く光る唇が問う。眼球が動くたびに震える長い睫毛の下で、冷たそうにも見える瞳が私の身体を蕩けさせる。意地悪く笑いながら夫は私の四肢の自由を奪い、ねえ、と答えを急かした。動けないので私は物ほしげに腰をくねらせるだけだ。

――ちゃんと言いな。何をしてほしい？

ちくびを。私は恥ずかしさに目を瞑り、ねだる。

ちくびを吸ってください。

——それだけで良いの？

イヤ。ほかのことも。

——おちんちんもほしいんでしょ？

私が頷いたら、彼の腰が私の胸の上に移動してくる。顔の前に突きつけられた陰茎の先が私の唇に触れる。私はそれを口に頬張った。指とも舌とも違う感触。彼の望みどおり、ツルツルとして不思議な感じ。私の口が小さいのか夫のが大きいのか、くびれているところより先は口の中に入らなかった。

夫が私の口で射精することはない。いつも途中でやめ、再び私の身体を愛撫してくれる。さっきよりも激しく乳首に吸い付き、痛いくらいに気持ちよくしてくれる。大きな手は脚の間に侵入しクリトリスを撫でながら、痛くならないよう指を差し入れて掻き回してくれる。指だけでも気持ちよくて私はたくさん声を出す。

——亜由はインランな女だね。

そんなこと言わないで。

——だってもうこんなにびしょびしょだよ。ほら。

彼はそう言って、抜いた指を私の口の中に突っ込む。自分の味がする。

――もう俺も我慢できない、挿れるよ。

うん、来て。

そして一晩中、夫は私とつながって果てるのだ。何度も何度も。痛いほど強く抱きしめられ、愛してると囁かれ、私は幸せの絶頂に達する。

朝目覚めたとき、彼はもう出勤している。

私も、愛撫の残り香を確認する間もなく出勤の準備をし、アパートを出る。


彼の仕事に夏休みはない。土日もお盆休みも正月休みもない。

私の勤務先が四十日間の夏休みに入ると、平日の昼間に放映されているテレビ番組も観られるようになるので、毎週水曜日の昼、三十分だけ夫に会える時間が増える。私は夏休みが始まって初めての水曜、手っ取り早く昼食を用意し、いそいそと奥の部屋のテレビをつけた。部屋の中はものすごく暑くてくさいけれど、窓を開けると車の音や蝉の声でテレビの音が聞こえなくなるから、窓は閉め切ってある。

夫は友人たちとテレビの中で、誰かがお取り寄せしたスイーツを食べ比べていた。

――夏はやっぱり水羊羹《みずようかん》でしょ。やー、なんか懐かしい味で良いなー。

夫の味覚は結構渋い。それに対し、友人のひとりが抗議した。

――なに言ってんの。このメロンゼリーのほうが美味いって。

――メロンをゼリーにする意味が判んねえよ。メロンはメロンのまま食ったほうが絶対美味いって。

――ソフトクリーム！　ソフトクリーム！

――おまえまた腹壊すよ。ていうか夏こそカステラですよ皆さん！

――それが一番意味判んねえ！　ロん中モッソモソになんだろ。

楽しそうな彼らの笑い声を聞くと私も幸せになる。水羊羹、私も用意しておこう。やっぱり夏は水羊羹だよね。あなた大好きだもんね。

番組が始まって十五分、CMに切り替わったとき、玄関の扉を開く音が聞こえた。幸せな気持ちがすっと消え去り、背筋が強張る。やめて、壊さないで。胸を押さえながら私は祈るが、侵入者の気配はあまりにも濃厚だった。

「やあだ、何このにおい！　亜由あんた、このクソ暑いのに窓閉め切って何やってんの？　くさいわよこの部屋、早く窓開けて！」

女の金切り声がテレビの音声を掻き消した。私は音量をあげ、そのままテレビの前に座りつづけた。尻の下で足音のために床が揺れている。

「亜由！　いるんでしょ⁉」

ガラリと乱暴な音を立て、部屋を仕切る引き戸が開けられた。

「……誰ですか？」

尋ねる声が震える。怖くない。だって私はこの家の主婦だもの。守らなきゃ。

「はあ？　半年会わなかっただけで母親の顔も忘れたの？　あー、なんて薄情な子。ほんとに、こんなんなるなら産まなきゃ良かった」

女は床を踏み鳴らしながら窓のほうへ向かい、建て付けの悪さに悪態をつきながら全開にした。車道を行き交う車の排気音でまたテレビが聞こえなくなる。でも古いテレビはもう音量の限度いっぱいで、それ以上大きな音を出すことができなかった。

「ちょっとどうしたのこの部屋。ごみくらい捨てなさいよ。あの馬鹿男、ほんとに家のことなんにもできないんだから。亜由も言ってやりなさいよ、仕事がないならせめて家の掃除くらいしろって。ひどいわよこの部屋。ていうかどこよあの馬鹿男。またパチンコ？」

ひどい部屋と言いながらも女はちらかった床の上のものを避けるだけで、その場に座ってタバコに火を点けた。

「……いないよ、もう」

搾り出した声は、もう震えていなかった。けれど、白煙の濃厚さに眩暈がした。

「は？　なに？」

「もういないの。出てったの、あんたが出てった次の日に」

私の言葉に、女の表情が凍りついた。そして手に持っていた火のついたままのタバコを私のほうに投げつけ、叫んだ。

「どこの女のところよ！　半年もつづくなんて、今までなかったじゃない！」

「知らないよ！　自分で探せば良いでしょ！」

タバコの火は傍らにあったスーパーのビニール袋に穴を開けただけで済んだ。私は吸殻を拾い上げ、転がっていたペットボトルの中に入れる。

女は顔を真っ赤にして立ち上がり、再び乱暴な足音を立てて部屋を出てゆこうとし、ふと振り返って尋ねた。

「あんた、どうやって生活してるの？」

「関係ないでしょ」

知りたいなら帰ってきてよ。という言葉は喉の奥に引っかかって出てこなかった。

――じゃあねー。また来週、みんな来週も観てねー！

気付いたら、歪むテレビ画面の中で夫を中心にした五人が笑いながら手を振っていた。

私は唇を噛みながら、冷たくなった手をテレビに向かって振った。

――君、名前は？　年は？

――あゆみ。年は二十四歳。

――そうだよねー。二十四歳ならおじさん、犯罪者じゃないよねー。

白髪混じりの男は、そう言いながら私の顔をべろべろと舐めた。

――ああ可愛いね可愛いね、中学生最高だよ、おじさんこの年になってこんなギンギンになったの初めてだよ。ほら、触って。

握った男の陰茎ははっとするほど熱を持っていて、私は早く挿れてと懇願する。

――中学生なのにそんなこと言っちゃだめだぞ。

――いいから、早く。

熱い痛みは深く身体を貫き、一瞬だけ、私は眩暈のするような青い光の点滅の中を泳ぐ。

私には夫がいるし、私は夫を愛しているので生活費を稼ぐのは最低限の回数に留めている。生活費のためとはいえやはり苦痛だ。しかし私が仕事をしてきた日は、夫がいつも以上に激しく抱いてくれるので、それで帳消しになる。

私たちは幸せな夫婦なのだ。彼はときどき旅行に連れて行ってくれる。ふたりきりではなく、残念ながら彼の友人たち四人が必ず一緒だけれど、連れ立って旅行に出かけるのはとても楽しい。

今月は二週間かけて河口湖まで行った。一緒に遊覧船に乗り、クソ暑いのに汗を垂らしながらほうとうを食べ、夕日の見える露天の温泉に浸かった。そこの宿の風呂は混浴ではないけれど、私だけは彼らと一緒にお風呂に入れるのだ。少し優越感。お夕食は豪華舟盛り。正直、場所が河口湖なのでその舟盛りが海の幸なのか湖の幸なのか判らない。けれど夫も友人たちもそれを見て大はしゃぎしていた。食べ物を前にしたときの彼らのやりとりが大好きだ。本当に幸せそうで、私も楽しくなる。

旅行の帰りに、コンサートツアーのことを知らされた。九月末から全国を回るのだという。知らなかった。一ヶ月も離れ離れになってしまう。でも私はあえてそんなところには行かない。夫にも行かないと告げたら、ちょっと寂しそうな顔をされた。私は笑って彼を宥《なだ》める。だって私はあなたの妻でしょう。全国ツアーを終えたあと、まっさきにあなたが帰ってくるのは私のところなんだから。

その日も私は仕事を終え、ひとりで床に就く。たぶん旅行が終わってもすぐに違う仕事があったのだろう。暑くて寝苦しい夜、やっとうつらうつらしてきたと思ったら、夫が帰ってきた。

――寂しい思いさせてごめんな、亜由。

なに言ってるの、たった一ヶ月じゃない。

――そうだよな。俺、ファン全員に満足してもらえるよう頑張るよ。でも一番のファンは亜由だよな。

当たり前でしょう。

私は夫の柔かな髪を撫でた。夫も私の髪を撫で、優しいキスをくれる。そして身体を私の上に倒し、屹立した股間を私のおなかに擦りつけた。硬くて熱くて、愛しい。

子供がほしい、と突如、強烈に思った。ダイニングテーブルは四人がけ。アパートは狭いけど一応二間ある。子供ができても何も問題はない。

やっぱり、寂しいな。私は自分の頬に触れる夫の耳に告げる。

だから、子供がほしい。今日はすごく奥でイって。

私の言葉に夫は少しのあいだポカンとしていたが、すぐに嬉しそうな笑顔になり、私の頬にキスの雨を降らせた。

――俺も亜由との子供、すげえほしい、嬉しいよ亜由がそう言ってくれて。

その晩、夫はいつものように私を焦らしたりしなかった。むしろ夫のほうが必死に私を求め、私は高く声をあげながら彼の背に縋りつき、今までにないくらいの勢いで放出される彼を受け止めた。

神様お願い、妊娠させて。私と夫のあいだに確かなものを授けて。

四十日間の長い休暇が終わり、私はまた毎朝出勤することになる。九月一日。同じ服を着て同じ鞄を持った女たちと、同じ服を着て同じ鞄を持った男たちが、同じ部屋に集まる。合計二十八人。

先生と呼ばれる権力者の女が私たちにやるべき仕事を指示し、従順な作業者である私はその指示に素直に従う。二十八人のうちの半分くらいは、権力者の指示に従わない。

休みが明けて一週間後、業務が終わったあと私は権力者に呼び出された。小さな部屋の中で向かい合い、権力者は私に言う。

「柴田さん、お父さんとお母さん、おうちにいないんですって？」

そんな人、知らない。誰のことを言ってるの？

「ご近所の方から報告があったのよ。どうやら柴田さん、ご両親が出て行ってひとりで残されて大変なことになってるんだって。悪いけど一度私も夏休み中、柴田さんのおうちの近くまで見に行ったの。で、ご近所の方に聞いたら、本当みたいじゃないの」

やめて、私をこっちの世界に引き戻さないで、お願いだから。

「ずいぶん前からなんでしょう。どうして先生に言わなかったの？」

権力者の声は厳しく、私は条件反射で声を発してしまっていた。

「……だって」

「うん？」

「だって、お父さんとお母さんが、あんたなんかいらないって言うから」

「……」

「私だって、お父さんとお母さんなんかいらないって」

こんなこと、私が喋ってるわけじゃない。私はそんな人たち知らない。私には夫しかいない。夫は私を愛してくれてる。それだけあれば充分なんだ。

お父さんにはほかに好きな女がいた。お母さんにもほかに好きな男がいた。私のことはいらなかった。だから家を出て行った。私にはすぐに夫ができ、今は幸せな生活を送っている。それだけのこと。今、夫は出張で全国を回っている。だから家には帰ってこないけど、私のおなかには彼の子が宿っている。神様が授けてくれた、私と彼の確証だ。

権力者は、眉間に皺を寄せたまま涙ぐんでいた。別に私は不幸じゃないから、同情なんてしてくれなくて良いのに。

「……お父さんとお母さんの連絡先は判る？」

私は頷き、鞄から一枚の紙切れを取り出した。四つに折ってあるその紙は擦れて破れかけている。中にはふたつの電話番号がある。

「柴田さんのおうちの電話も教えてくれる？」

「家に電話、ないです」

「……携帯は？」

「持ってません」

私の答えに、権力者は新たな涙を滲ませた。ああ、夫に会いたい。大丈夫だよって言いながら抱きしめてほしい。亜由は大丈夫だよ、俺がついてるよ、俺はここにいるよ、どこにも行かないよ、愛してるよ、ずっとずっと。

私は夫の声と肌の温かさを思い出し、いても立ってもいられなくなり、鞄を掴むと小さな部屋を飛び出した。背後で権力者が慌てて立ち上がる。

犯罪者を追う警察のような足音がしばらく追って来ていたが、やがて遠退いていった。

息を切らせながら本屋にゆき、いつもは毎日の立ち読みだけで済ませていた雑誌を掴み、一瞬万引きしようか悩んだ結果、きちんとお金を支払い、全速力で家に持ち帰った。

『初めての全国ツアー、すごく楽しみ！　いろんな場所でいろんなものが食べられると良いな。九月だとちょっと早いけど、食欲の秋でしょ。福岡で水炊き食べて、名古屋で手羽先食べて、北海道ではカニ食べたいな。あ、まだカニの季節じゃないか。残念。でもたくさん食べてバテないようにツアー乗り切りたいです。みんなに会えるの、楽しみにしてるよ！』

発売当日の十月号だ。誌面の一ページを使い、夫は秋の装いで満面の笑みを浮かべポーズを取っていた。私は何度も何度も夫の言葉を読み返した。私の名前はどこにもなかった。亜由に会えなくて寂しいって言ったんじゃないの？　それとも、言ったけど編集で消されたの？

夫の写真を指先で撫でる。その肌を思い出そうとする。唇の柔かさは私だけが知ってるんだ。華奢に見えて意外と筋肉質なその腕も、優しそうな顔してセックスするときは激しいことも。

どうして起きているときに抱いてくれないの。私はブラウスのボタンを外し、ブラの中に指を入れて乳首をつまんだ。反対側の手でスカートを捲りあげ、下着の上からクリトリスを擦る。起きているときに抱いてくれなきゃ、夢なのか本当のことなのかも判らない。お願い帰ってきて。寂しかっただろうって頭を撫でて。写真を見て瞼の裏に焼き付けた夫の顔を思いながら、私は彼が具現化されるのを待つ。もうこんなにびしょびしょだよ。低く掠れた声が耳元に聞こえるのを待つ。お願い、挿れて。私の指じゃ、足りないよ。全然満たされないんだよ。

ひとりで果てたあとはいつものようにひたすら虚しさだけが残る、はずだった。しかしその日は虚しさも余韻もなく、襲ってきた下腹の激しい痛みに私は布団の上で呻き声をあげながら身を縮ませた。

もしかして、流産してしまうのだろうか。

暑い部屋の中、それでも尋常じゃないくらいの汗が身体中からふき出していた。いやだ、流れないで。もし流れてしまったら彼がいないあいだ、耐えられなくなる。脚のあいだから何ものも流れ落ちることのないよう、私は両手でそこを塞ぐ。そのとき、どぷ、というような音と共に何かが流れ出て、手のひらを濡らした。

恐る恐る戻した手指を見ると、そこには真っ赤な血が。

「い、いやぁっ！」

嫌だ、本当に流産してしまうなんて。どうしよう、病院に行かなきゃ、でも痛くて怖くて身体が動かない。

「いやだ、いやだぁー！」

私の発する悲鳴の中に、ほかの人の声が混じる。

「柴田さん⁉ どうしたの、入るわよ⁉」

権力者の声がドアの外から聞こえてきたのだった。あ、鍵閉めてない、と思った途端、躊躇の間もなくドアが開き、足音ののち中の引き戸が開けられた。

「どうしたの⁉」

「先生、血が。流産しちゃう……股から血が、赤ちゃん、いなくなっちゃう」

権力者は呻き声と共に搾り出した私の声にさっと顔を青くすると、鞄から携帯電話を取り出して誰かに電話をかけ始めた。

彼女は電話口の誰かにこのアパートの住所を告げ、電話を切ると私の手のひらをティッシュで拭った。おなかが痛くて、私はお礼を言うこともできない。けれど、彼女の問いには答えられた。

「妊娠してるの？ 父親は誰だか判ってるの？」

「……私の夫。その写真の人」

開きっぱなしの雑誌を指し示した。権力者はそれを手に取り、怪訝な顔で再び尋ねる。

「これ、ＩＮＡＺＵＭＡってアイドルグループの人よね？ よくグルメ番組のテレビに出てる」

「そう、私たち夫婦でここに暮らしてるの。すごく仲が良いの」

答えると権力者は、はっと息を吞み、冷たく汗ばんだ手で私の手を強く握った。やがて救急車のサイレンが近付いてきて、至近距離に止まった。

初潮、という単語がなんのことなのか判らなかった。どこかで聞いた憶えはあるけれど、私には無関係なことだと聞き流していたのかもしれない。

「柴田さんの年齢、十四歳だと別に遅くも早くもないの。でも最初からそんなに痛いのなら、もしかしたら子宮に病気があるかもしれないから、これからも三ヶ月に一度くらいは病院に来て検査したほうが良いわよ」

やっぱりなんのことか判らなかった。

目が覚めたとき、既に処置室の窓の外は夜だった。鎮痛剤を飲んで、栄養失調のための点滴を打って、寝かせてもらっただけでおなかの痛みはなくなった。ベッドの上に起きあがると、ずっとつづいていた眩暈もなんとなく軽くなっていた。

看護師が、もう良くなったなら帰って大丈夫ですよ、と私に言う。私は頷いて、スリッパを突っかけ部屋を出た。

ずっと待っていたのだろう権力者が私の顔を見て、ベンチから腰を浮かせる。その横には、雪の季節に私を置いて出て行った男と女がいた。

「あんた、ただの生理で人騒がせなことして！」

「おめえが教えてなかったからだろうが！」

「そんなの学校で教えてくれるもんでしょ！　ねえ先生？」

「誰がここの金払うんだよ、俺は金持ってきてねえからな」

「あたしだって保険証なんか持ってないわよ！」

少し前まで耳を塞いでやり過ごしていた、きんきんと頭の奥にまで響く声が、遠い。軽くなったはずの眩暈がひどくなる。

彼らが私の生活から消えた日、外では雪が降っていた。女が出て行った翌日、男も帰ってこなかった。家の中には一円のお金もなくて、私はただテレビを観ながら部屋の隅で、布団にくるまり蹲っていた。軽井沢も雪だった。

おなかが空いたよ。水道の水でおなかを膨らましても、すぐに尿として出ていった。寒いよ。家にある暖房器具は石油ストーブひとつだけで、お金がないから灯油が買えなかった。

小さなブラウン管テレビから発せられる光だけが暖かかった。

どれくらい前か、私がとても小さなころ、暗い部屋の中、男と女がテレビの明かりに照らされて裸のまま絡み合っているのを見たことがある。ああん、ああん、と女が呻くので私はどうしたのお母さんと尋ねた。

やだ、起きてたの。

女は汗まみれの顔を拭いながら私に訊いた。

あのねえ、これはセックスっていうの。愛し合ってる証拠なの。愛し合ってセックスすると子供が生まれるのよ。

子供になに言ってんだおまえ、やめろよ。

良いじゃない、いずれ忘れるんだから。亜由もねえ、あたしがこの人に抱かれて生まれたのよ。

青白い点滅の中でふたりはとても幸せそうに見えた。女はいずれ忘れると言ったけれど、私はこの光景を忘れなかった。愛し合うとセックスするんだ。そして子供が生まれるんだ。

「だいたいおめえが出てくのが悪いんだろ、母親のくせに」

「あたしはあんたに亜由を頼むって言ったわよ！」

「俺は子供なんかほしくなかったんだよ！　勝手に産んで勝手に押し付けられたこっちの身にもなれよ！」

でも、女の言ったことは嘘だった。セックスは別に愛し合っていなくてもできる。私は夫との生活を維持するため、毎週一度だけ、男の人とセックスしていた。気持ち悪かったけど、一回するだけで三万円もらえるのだと思えば平気だった。セックスをしなければ、水も出ない、ガスも使えない、そしてテレビを観るための電気もない生活をしなければいけない。おうちだって追い出される。一回三万円、月に四回隣町の繁華街に立ち、知らない人とセックスするだけでその生活の全てを賄えるのだ。

——ねえ、寒いから、あの店でコーヒー飲もうよ。

寒くて、おなかが空いて、いっそ舌を嚙み切って死んだほうが楽なんじゃないかと思いながら蹲っていた私に、彼は優しく声をかけてくれた。寒いから、あの店でコーヒー飲もうよ。そんなことを言ってくれたのは、私に笑いかけてくれたのは彼だけだ。

怖かった、寂しかった。そう言ったら彼は私を抱きしめてくれた。これからは俺がずっと亜由の傍にいてあげる。

だから。

もう泣かないで、涙を拭いて。

君の笑顔は太陽よりも眩しい一番の輝きさ。

夫はいつも私に向けて歌ってくれる。だから私は涙を流さないで済むのだ。どんなに寂しくても、ひとりで寝ている夜も。

「大きな声を出さないでください、ここは病院ですよ！」

「うるせえババア、こっちの問題だ、口出すんじゃねえ！」

「どうして、まだ中学生の娘を置いて家を出てくなんてことができるんですか！　あんたたちそれでも親ですか！」

「親になりたくてなったわけじゃないわよ！　中絶する金がなかっただけよ！」

ただの雑音だった喧騒の中、突如女の声がバラバラになって耳に届く。

親に、なりたくて、なった、わけじゃ、ないわよ。

一瞬の沈黙ののちに言葉が意味を持ち、私の喉からは悲鳴が漏れていた。高くびりびりと響く悲鳴は自分の声じゃないみたいで、どこか痛い。

「うるせえ！」

すぐに男の拳が飛んできて私の身体は吹っ飛ばされ壁に叩きつけられた。ごぐっ、という音が間近に聞こえ、ああ肩が外れたなと思う。

「ちょっ、柴田さん、大丈夫⁉」

痛みはややあってからやってきた。と同時にばたばたと足音も聞こえてきた。看護師の白い靴が何個も視界に入る。何か言い争っている声が聞こえる。

ねえ。お父さん、お母さん。

どうして私を産んだの。どうして中途半端に育てようとしたの。どうせなら顔も声も手のひらの感触も憶えられないうちに、捨ててくれれば良かったのに。そうすれば、いつか帰ってきてくれるなんて望みのない期待をしなくて済んだのに。

夜になって、夫が病院に来てくれた。ピンク色の花束を持って。私がピンク色好きなの、憶えててくれたんだ。

――大丈夫？　痛む？

夫はベッドの端に腰掛け、私の頬を優しく撫でた。その手は乾いていて温かい。

あなたこそ大丈夫？　コンサート中じゃないの？

――亜由がこんなことになってるんだ、コンサートどころじゃないよ。

病院で転んだだけよ。そんな心配しなくて良いのに。

――じゃあ、来なくても良かった？

ううん、来てくれて嬉しい。ありがとう。

そう答えたあと、私は気付く。私、今、寝ていない。テレビも観てない。それなのに夫が傍にいて私に話しかけてる。

すごく久しぶりに、あなたに会った気がする。

私が言うと、夫は困ったように笑った。亜由はいつも寝てるからね。ごめんね、いつも遅くて。そう言って夫は私にキスをした。いつもどおり、うっとりするくらい長く。唇が離れたあと、私は夫に妊娠したことを告げた。流産しそうになったけれど無事だったことも告げた。

――無事だったんだね⁉

夫は焦った顔をして何度も何度も確認した。私はその都度頷き、微笑む。十回くらいの問答ののち、夫はやっと安堵の顔を見せた。

――良かったー、亜由も赤ちゃんも無事で。

へにゃりとへたり込み、夫は私のおなかのあたりにそっと頭を載せる。

――早く出てこないかなー。男の子か女の子かはまだ判らないの？

そんな早くには判らないよ、と私は言って、夫の髪の毛を撫でた。ふわふわの柔かい髪の毛はきっと子供にも遺伝して、天使みたいな子になるだろう。

「幸せな家庭を作ろうね。ずっと幸せでいようね。だからずっと愛しててね」

彼は頷き、微笑む。私は冷たく湿った布団の上を、いつまでも撫でつづけた。

ピンクのうさぎ

恋人のしぐさはいつもどこか動物のようだ。

猫だとか犬だとか、うさぎだとかそういう可愛らしい動物。そのしぐさに目を細め、愛玩せずにはいられない小動物。お風呂から出てきて髪の毛を乾かしたあとは、ほらフワフワしてて気持ち良いよ、と頭を出してくるので、手のひらでたくさん撫でてあげる。恋人は、キュー、と嬉しそうな声を出して鳴く。甘える様子がますます可愛くて、私は恋人の頭を掴んで胸に抱きしめ、おでこにキスをしてあげる。そして、一緒の布団で手をつないで寝る。

恋人の胸は柔かくて、私はときどきそれを触ったまま眠る。きっと赤ちゃんはこういう気持ちなんだろうなと思う。恋人が手を伸ばして私のほとんどぺたんこの胸を触ろうとしても、私はそれを払いのける。強引にその指に自分の指を絡め、手をつないで、眠る。いくらでも、眠れる。

私には睡眠が足りない、いつも、いつも、いつも。

恋人と一緒の布団の中は暖かくて柔かくて、この世の中で一番安全なシェルターのようだけれども、睡眠はずっと足りないまま。睡眠不足が解消されるのは、いずれ魂が抜けるときなんじゃないかと思う。

会社が入っている十階建てのビルの一階角にある共同喫煙所は、そのビルで働く人口に対しておそろしく狭く、いつもぎゅうぎゅうと人がひしめきあっている。黄土色に染まった四方の壁に、台所用漂白剤を原液のままぶっかけたいと思っているのは、おそらく私だけではないだろう。人は膜を剝がすのが好きだと思う。たとえばカサブタ、日焼けした肌、剝げかけたマニキュア、煙草のビニール。

普通のボックス煙草ならビニールを全部剝がさないでも大丈夫なのに、最近吸っている横にスライドする箱のものは、ビニールを全部剝がさないと煙草を取り出せない。味は好きなので今更銘柄を変えるつもりもないが、中の銀紙まで全部剝がさなきゃならないため、なんだか妙にいけないことをしている気分になる。きっとソフトケースの煙草を吸っている人がこの行為を経験したら、もっとそういう気分になると思う。

剝がし終えたビニールを丸めてこっそり空気清浄機の排気口の隙間に押し込んでいたら、「須藤さん」と私の名を呼ぶ男の人の声が聞こえた。入り口付近から人を掻き分けて私のほうに向かってくる木下さんの姿が見えた。

「どうだった、インド」

私の横に陣取り、ひしゃげたソフトケースからニコチンの量が私の吸っているのの十分の一の煙草を咥え火を点けると、木下さんは訊いてきた。

「インドじゃないです。インドネシアです」

「そうそう、インドネシア」

「暑かったです。そして雨が降っていました」

「それだけ？」

私は頷く。そして、写真ありますから今度見ます？　と尋ねると、木下さんは嬉しそうに「見せて見せて」と言った。

「須藤さん、今までどこの国に行ったことがあるの？」

「アメリカ、インドネシア、マレーシア、タイ、くらいかなあ」

「あれ、こないだグアムに行ったって」

「それってアメリカじゃありませんでしたっけ？」

「そうなの？」

国ではなく島の名前で答えれば倍以上の数になる。実際今回の「インドネシア」も正確にはバリ島だ。私がバリの海で無駄に日焼け止めを塗りたくっているころ、木下さんは多分日本の山で無防備に日光を浴びまくったのだろう、顔がインドネシア人のように黒く光っていた。

私は木下さんを好ましく思う。惜しげもなく好意を寄せてくれて、まわりにほかの人がたくさんいるにも拘《かかわ》らず、いつも奇天烈な私の洋服を褒めてくれる。そうでしょ、かわいいでしょ、ミルクってお店の新作なんですよ。私も笑顔で答える。私、お給料は海外旅行とお洋服で全部使っちゃうんです、貯金なんかできなくて、将来困っちゃいますよね。

「須藤さんなら可愛いんだし、すぐに結婚相手くらい見つかるよ。そいつに食わせてもらえば良いさ」

木下さんは屈託なく笑い、煙草を消して、お先に、と言って喫煙室を出て行った。

いつも思うのだが、男の人はどうしてあんなに煙草の減りが早いのだろう。肺活量の違いと言っても人体は男女でそんなに差があるものか。私の煙草はまだ半分も減っていない。男の人は早すぎる。

安普請の木造アパートの扉を開けると、恋人は今日も子犬のように私の帰りを出迎え、猫のように私に纏わりつき、私が冷たく振る舞うとうさぎのように寂しがった。私は疲れていた。一週間も休みを取ってしまったおかげで、その皺寄せがどっさりと山を作って出迎えてくれたのだ。偏頭痛が止まらず、ベッドに仰向けに倒れこむ。上から恋人がうつ伏せに倒れこんでくる。ぐえ、と喉が鳴った。

「ねえ、私疲れてるんだ、休ませて」

「イヤだ、一週間も離れ離れで寂しかったんだから、いっぱい懐くの」

昨日の夜帰宅した私を迎え出た時と同じように、今日も恋人は自分の顔を、私の胸や腕や肩にゴシゴシと擦りつけた。フワフワだった短い髪の毛はあっという間にもつれてプードルの毛玉みたいになった。

バリには恋人ではない女友達と行った。出発の日も恋人はキューキュー鳴きながら成田まで付いてきた。女友達はそんな恋人を見て呆れ、恋人を甘やかしている私にも呆れていた。恋人と旅行に行かない理由は明快だ。彼女には海外旅行に行けるだけの収入がない。そして私もまた、ふたり分の旅費を出せるほどの収入はない。

腹や腿にまで頭を擦りつけている恋人の髪の毛を摑み、私はそれを目が合うところまで引っ張り上げて、言った。

「ねえ私今日ね、須藤さんならすぐに結婚相手見つかるよって言われた」

その言葉を聞いた途端に恋人は不機嫌になり、うって変わってムっとした表情で私から離れた。

「誰がそんなこと言ったの」

「会社の偉いポジションにいるおじさん」

「へえ、良かったね」

恋人はベッドから降りて私に背を向けて床に座ると、煙草に火を点けた。私はその隙に少しでも睡眠を取ろうとした。枕の位置を変え、横を向いて目を瞑った。しかしすぐに沈黙は破られる。恋人の手が私の肩を摑み、乱暴に仰向かせ、シャツの裾から手を入れて下着の上から胸を摑んだのだ。私はその手首を取って服の中から抜き、もう片方の手で恋人の頰を力任せに打った。キャン、と子犬の鳴き声をあげて恋人は私から身体を離す。

「触らないでって言ってるでしょ、なんど言えば判るの？」

「だって、キミが結婚とか言うから」

私はもう一度恋人の頰を打った。彼女はよろめき、バランスを崩してベッドから落ちる。

「言われたくなかったらもっと稼げば？　せめて私の月収を超えなさいよ、人ひとり養う稼ぎもないくせに人並みに嫉妬なんかしやがって、果てしなく図々しいのよあんたは」

「今はムリだよ」

「は？　何がムリなの？　努力もしないで簡単なこと言ってるんじゃないわよ」

ベッドの下から縋るような目でこちらを見上げる恋人の肩を、私は上から力いっぱい蹴飛ばした。うしろのコタツに頭をぶつけ、彼女は両手で頭を押さえて丸くなる。

「ねえもう何年経った？　私もう来年三十なの。いいかげん仕事辞めたいの。ねえ私いったいいつまで働かなきゃいけないわけ？　あとどのくらいあなたが一山当てるの待たなきゃいけないわけ？　もううんざりなのよ、このボロいアパートも、電気代ケチるための蛍光灯も、すぐに水になるシャワーも、何もかもうんざりなの！」

私の怒鳴り声に恋人は後じさり、部屋の隅にあるテレビの横で丸まったまま唇を嚙み締め、上目使いに私を見ていた。

「そういう捨てられた子犬みたいな顔しておけば私が機嫌直すとでも思ってるんでしょ

う、浅はかなのよ」

私は枕に巻いてあった薄いタオルを剝き、ベッドを降りると恋人をテレビの横に追い詰めた。

「手を出して」

恋人は怯えた目で私を見上げ、首を横に振る。

「あまり怒らせないで。手を出して」

低い声にやがて、恋人は観念したように目を瞑って両手を差し出す。私はその両手首をタオルで括り、テレビ台の脚の下のほうに縛り付けた。ぎゅうっとタオルを引けば、どんなに力を入れても解けない。恋人は今、四足で歩く動物の恰好だ。拘束を外そうと四つん這いでジタバタしているが、それも捕らえられたうさぎの非力な抵抗にしか見えない。私は煙草を咥えて火を点けると、彼女の下着を両手で引き摺り下ろした。白い柔かな尻が剝き出しになる。

「やめてよ！」

恋人は身を捩《よじ》る。震える白うさぎの丸い尻尾が見えるようだ。

「動くと煙草の灰が落ちて熱いよ」

そう言って私は床に転がっていたピンクローターを拾い上げ、恋人の尻のくぼみに滑らせた。前方にある性器からはもう蜜が溢れている。私はその液体をローターに擦りつけ、うしろにある狭くて硬い穴に、ゆっくりと挿入した。恋人は、くすんくすんとすすり泣きのような声を漏らしている。私は小さな俵型のプラスチックの塊が全て穴に納まったところで、カチリとスイッチを入れた。

「あああああぁぁぁっ」

恋人はくぐもった悩ましげな声をあげ、四つん這いのまま身体を仰け反らせた。その振動で私が咥えていた煙草の灰が、花火の残骸のように恋人の尻に落ちた。快楽の喘ぎに苦痛の悲鳴が混じる。

「どうにかなっちゃう……お願いやめて……」

恋人が白い尻をくねらせ、涙の浮かんだ眼で哀願するようにこちらを見る。やがて一際高い声を上げて達するまでを、私は時おり欠伸をしたりしながら、煙草の煙越しに眺めていた。

バリ島にはデジカメを持っていくのを忘れたので、写真は現地で買った使い捨てカメラで撮っていた。写真のデータを貰うため、USBメモリ持参で私の席まで訪ねてきた木下さんにそのことを話すと、じゃあ明日一緒に夕飯でも食おう、その時に写真を持ってきて、と彼は小声で言った。さすがに会社内で、しかも全く関係のない部署の部長のところに、勤務中「見てくださいよー」と言って写真を持っていくのはかなり頭が悪い。木下さんからの夕飯の誘いは初めてで、私は澄ましてにっこり笑いながらも少しどぎまぎしていた。

次の日の夜、写真の入ったポケットアルバムを持って指定されたレストランに出向いた。会社からタクシーで五分ほどの店だったが、おそらく同じ会社の人はこんな細い道を入った奥まった店は知らないだろう。というより、ものすごくいかがわしい通りなので会社の人に会ったとしてもお互い他人の振りをするしかない。キャバクラはまだ良いとしても、性感マッサージ、ヘルス、ＳＭサロン、ラブホなどが乱立している地域だった。

私がその古いイタリア料理店の扉を開けると、ボックスシートの中で木下さんは既に席について先にビールを飲んでいた。硬いヒールの足音に気付いて私を見ると、頬を緩ませて「今日も可愛い服着てるね」と褒めてくれた。

「ありがとうございます。今日はヴィヴィアンウエストウッドです。セールで半額だったの」

「なんか舌嚙みそうな名前だね。ビビアン、何？」

「ウエストウッド」

「今憶えても明日には忘れてるなぁ」

木下さんはおじさんらしい頭の悪さで私を笑わせてくれた。そして私の分のビールが来て乾杯をしたあとは、おじさんらしい図々しさで私のことを褒めちぎった。須藤さんはいくつなの？ え、二十九？ 見えない見えない、二十歳くらいかと思ってたよ。可愛いねぇ、女の子はいつも可愛くなきゃね。その指輪は？ あ、お花の形なんだ。センス良いね、ピアスとおそろいなんだ、どこかブランド品？ レネ？ レネレイド？ ああそれならビビアンなんとかより憶えやすいや。須藤さん可愛いけど、今まで何人彼氏がいたの？ 十人だけ？ へえ意外と身持ちが固いんだね。ねえ須藤さんはどんな男なら付き合っても良いと思う？ ああ俺があと二十若ければなぁ。二十若くて結婚してなければ絶対に須藤さんを口説くのに。

木下さんは熱の入った瞳で私を舐め回す。それって今現実に口説いてることになるんじゃないだろうか。お花形の指輪を反対の手で弄《いじ》りながら私は思う。私にご飯を食べさせてくれる男の人が過去には沢山いたけれど、こうやって品がないほど露骨に褒めてくれる人はほとんどいなかった。彼らは多分、自尊心とかプライドとかが邪魔をして、生意気な小娘のご機嫌を取るなんてまっぴらだったのだろう。インテリぶってワインやチーズの蘊蓄を垂れながら、そのあと起こる出来事を思って期待に胸と下半身を膨らましていたくせに。

木下さんは私が過去に肉体関係込みで付き合ったことのあるおじさんのうちのひとりと、ものすごく良く似ていた。私のことを褒めてくれる、ちょっと西訛りの言葉や大雑把な性格。関西生まれの男の人は、誰もどことなく雰囲気が似通っているのかもしれない。私はその人のことが本当に好きだった。彼のためならいつでもどこにでも行ったし、何でもしたし、彼に振られた後は剃刀で手首を切って、失血のため一週間入院した。

「年はそんなに気にしませんけど、私も木下さんが独身だったらぜひお付き合いしたかったです」

サラダからピーマンをはじきながら私は言った。

「年、気にしないの？」

「木下さんまだ四十七歳でしょ？　私ハタチのころ、今の木下さんと同い年の人と付き合ってたから」

「へえ。その男は、結婚してた？」

「してましたよ」

運ばれてきた蟹のパスタがあまりにも美味しそうだったので、しばらくそっちに気を取られていたのだけれど、その間中ずっと木下さんの目は私の顔を見ながらきらきらと輝いていた。男の人って本当に判りやすい。私は嬉しそうな彼に、小さく首をかしげて可愛らしく微笑んであげた。早くパスタを取り分けてください。

日付が変わってからアパートに戻ると、恋人がうさぎのコートを着て、暗い台所の隅っこで丸まっていた。うさぎのコートは子供服の店で一昨年彼女に買ってあげたものだ。サイズはぎりぎり160。ベビーピンクの柔かいフェイクファーでできたショート丈のそのコートには、フードにうさぎの耳がついていて、尻のあたりには丸い尻尾もついている。くま耳コートとか猫耳コートとか色々あったけれど、彼女にはうさぎが一番似合っていた。可愛らしくて性欲ばかり旺盛で、踏ん付けたらつぶれそうな脆《もろ》い愛玩動物。

「遅かったね」

ジャケットを脱いでいると、背後のもこもこしたピンク色の物体から恨めしげな声が聞こえてきた。

「飲んできたからね」

「昨日はそんなこと言ってなかったじゃん。連絡のひとつくらい入れてよ」

「はいはい、ごめんねー」

いいかげんな私の返答に怒ったのか、恋人は立ち上がると背後から飛びかかってきた。どすんと音を立ててベッドの上に倒される。まだ秋になったばかりの季節に、この恰好でじゃれ付かれたら暑いばかりだ。私はうんざりした気持ちで身体を反転させ、恋人と向き合ってその顔を両の手のひらで包んだ。

「寂しかったの？」

不貞腐れたまま彼女はこくこくと首を縦に振る。

「ごめんね」

しおらしい私の声に恋人はいくらか気分を直し、いつものように肩や顔にゴシゴシと自分の顔を擦りつけてきた。そしてしばらくしてから満足げに顔を離すと嬉しそうに言った。

「あのね、今日ね、あーの考えた企画がひとつ通ったの」

恋人は自分のことを「あー」と呼ぶ。「あたし」のあーなのか、彼女の名前「愛子」のあーなのかは判らないが、女の子として生きることを丸きり放棄している彼女が「あたし」ということもないと思うので、おそらく「愛子」の方だろう。慣れるまで結構時間がかかった。

「良かったねー、すごいすごい」

私はうさ耳のフードを外し、髪の毛をくしゃくしゃと撫でてあげる。もう既にお風呂に入って待っていたらしく、髪の毛は洗いたての犬のようにフワフワで良い匂いがした。

「私もお風呂に入ってくる」

「あーも一緒に入る。背中洗ったげる」

「うん、じゃあ一緒に入ろうか」

私はベッドから起き上がり、眠そうに丸まっている恋人の手を持って引っ張り起こした。

今でこそ私の寝不足はそれほどひどいものではないけれど、一緒に暮らし始めて間もないころ、恋人は尽きることのない性欲を私に毎日毎晩ぶつけてきた。あれは愛ではない。単なる動物の生理欲求だ。ただの壺になったつもりで私は毎日恋人の指と舌を受け入れていた。

ある時、膣から血が止まらなくなったことがあり、それをきっかけに、私は彼女のしつけを始めた。わがままを言った時は革のベルトで叩き、柱に鎖をつないだ犬の首輪を着けて拘束し、鳴かないように猿轡《さるぐつわ》をさせた。私が望んでいない時に指一本でも私に触れたら、両腕を縛りその指に火のついた煙草を押し付けた。その甲斐があって、今ではある程度わがままを言わなくなったし、特に煙草の火は相当痛かったのか、滅多なことでは身体に触ってこなくなった。少しだけお利巧になった恋人のおかげで、私は今、以前よりは若干マシな睡眠環境を手に入れている。

意外と早く木下さんは私をホテルに誘った。二回目の食事のあとだった。料亭みたいな個室だったので、他人の目を気にする必要がなく誘いやすかったのだろう。その日は頼まれていたランカウイの写真を持っていったのだが、単に食事に誘う口実でしかなかったようだ。結局一度もアルバムは出さなかった。私のビーチリゾート写真集の中では一番の自信作だったのに、お見せできなかったのは残念だ。

その日のお店もやはりいかがわしい通りにあって、道を一本入ればすぐにレンガの壁のラブホがあった。古代ローマの彫刻のような白い置物の横を通り抜け、薄暗いフロントで木下さんは一番高い部屋のパネルのボタンを押す。狭いエレベーターに乗って部屋へ向かい、扉を開けて中に入ったとたん、私はびっくりして思わず笑い出してしまった。ガラス張りの洗面所とお風呂、花柄の壁紙に毛足の長い深紅の絨毯、金の縁取りがされたゴブラン織りのヴィクトリアンなソファ、そしてベッドは丸く回転装置が付いており、周りには屏風《びょうぶ》のような形で鏡がめぐらされていた。

「何かおかしい？」

木下さんがネクタイを緩めながら尋ねてきた。

「回転ベッドって初めて見ました」

「ああ、珍しいね。危険だから禁止になったって聞いてたけど、まだあるんだ」

何がどう危険なんだろう。私の笑いは止まらず、涙まで出てきた。

ねえ、来年三十になる女だと、ここまで落とされてしまうものなんですか。私は十代の終わりから二十代前半の夜を思い出す。夜景重視、ベッドの寝心地重視、風呂の快適さ重視など色々あったけれど、少なくとも枕元にコンドームが置いてあるホテルには来たことがなかった。木下さんの手が、笑い止まない私の腕を摑み、引いた。円形のベッドに転がされ、私は久しぶりに男の人の身体の重みと匂いを感じた。

「本当に良いの？」

私の髪を指先で撫で、耳元で低く尋ねる木下さんに私は、彼の背中に腕を回しながら「良くなかったらこんなところ来ていません」と答えた。木下さんは嬉しそうに私にキスをした。

でも、やっぱりだめだった。木下さんの手が胸に触れた途端、私は彼の身体を突き飛ばしていた。木下さんは驚いて、自ら身体を引いた。

「やっぱり、こんなおじさんとするのは嫌か」

諦めたように煙草を咥え火を点けると、木下さんは自嘲気味に言った。

「全然違うの、私、性的に触られるのが嫌なんです」

「でもそれじゃあ、セックスはできないね」

「できます」

私は木下さんの唇から煙草を奪い、自分の唇に挟むとベッドに立ち上がり、座っている木下さんの肩を踏みつけ、ベッドの上に倒した。

「私に絶対に触らないで。それでも気持ち良いことはできるんですよ」

木下さんは怯えと期待が入り混じった表情で、見下ろす私を見上げた。私は肩から足を退けると木下さんの水色のネクタイを力いっぱい引っ張る。がくんと頭が揺れて、上半身がマリオネットのように起き上がった。木下さんを跨いだ形で腰をおろし、目線を合わせる。

「私に触らないって、約束してくれる？」

言葉とは裏腹に、私は木下さんの手のひらを自分の胸の上に導いた。ぎゅっと押し付けると薄い胸は微かに潰れる。木下さんはこくこくと首を縦に振った。ああなんて可愛くない小動物だろう。

もう一度押し倒し、馬乗りになってシャツの釦《ぼたん》を外す。露になった木下さんの身体はとても四十七歳のものとは思えなかった。滑らかな浅黒い肌に包まれた脂の薄い細い腰、弛みの全くないお腹。それでいてきちんと胸板は厚く、自分の身体を愛している人だと思った。私は着ていた白いモヘアのニットを脱ぎ、グレンチェックのバルーンスカートを脱ぎ、ペチコートを脱ぎ、ドロワーズを脱いだ。私の身体の上には、純白の木綿に水色の糸でマーガレットの刺繍の施された上下お揃いの下着と、ダイヤ模様の白いオーバーニーソックスだけが残る。

「……下着まで可愛いんだね」

馬乗りになった腰の下で、木下さんの股間がぴくんと動いた。私はそこを手のひらで撫で上げる。すっかり硬くなっているそれは、服の上からでも随分立派であることが判った。四つん這いになり唇を重ね、彼の薄い唇を丹念に舐め、その中に尖らせた舌を差し込む。木下さんの舌が私の舌に絡み、溢れた唾液を飲み込む音が聞こえる。私は再び腕を伸ばして彼の股間に触った。さっきよりも強く握ったら、そこはもう独立した生き物のように脈を打っていた。

「ねえ、キスだけでこんなに硬くなっちゃって、ちゃんと私を気持ちよくさせることができるの？」

私は彼のシャツを脱がせたときに首に残しておいたネクタイを軽く引く。そしてもう片方の手で自分のブラをずらし、片方の胸を露にした。ほとんど平らの白い胸に咲くピンク色の乳首は、自分で見てもいやらしい。私は四つん這いのままそれを木下さんの唇に近づけた。

「舐めて」

木下さんはその言葉を聞き、胸に手を伸ばす。私はそれを叩き、首に巻きっぱなしになっているネクタイに両の手首を結びつけた。手首を動かすと自分の首が絞まる。

「誰が触って良いなんて言った？」

「須藤さん、苦しい……」

「ぶざまな恰好ね」

私は再度、乳首を木下さんの唇に押し付けた。赤ん坊の条件反射のように、彼の唇はそこに吸い付き、先端を尖らせた舌で舐《ね》ぶった。強く吸われ硬くなった先端をしつこく突つかれ、脚の間から温かな蜜が溢れてじわりと下着を濡らす。横を向くと、安っぽいオレンジ色の白熱灯に照らされたその光景が、幾重にも鏡に映し出されていた。拘束され組み敷かれた男と、支配する女。女の長い黒髪は緞帳《どんちょう》のように男の顔を隠す。これからこの男は、一度死にます。

鏡の中の痩せた女は死にゆく男のスラックスのジッパーを下ろし、脚の間の熱く膨らんだものを引きずり出す。太くて重いそれを手のひらで握ると、波のように脈を打っている。女はじりじりと頭を移動し、口を開けて咥え込んだ。硬く張り詰めた亀頭だけで口の中がいっぱいになった。粘っこい液体が小さな穴から溢れて舌に纏わりつく。唾液と粘液が入り混じった液体を、飲み下さずに口から溢れ出るままにしておいたら、それは卵から生まれてきたばかりの蛇のようにぬらぬらとみだらに濡れて光った。

「須藤さん、勘弁して……」

男は切なげに、苦しげに喘ぐ。

「うるさい」

女は頭を上げると、穿いていた下着を片手で器用に脱ぎ、手の中に丸めて男の口へ押し込んだ。そして粘液にまみれた蛇の頭を自分の脚の間にあてがい、一気に腰をおとした。

「あああっ」

身体の芯のほうがじいんと痺れ、私の喉の奥からは甘い声が漏れた。木下さんも私の下着を噛み締めて声が出るのを堪えていた。膣の中いっぱいに張り詰め、今にも破裂しそうだ。

「まだ、出しちゃダメだからね」

私は木下さんの上で、円を描くように腰を回した。最初は小さく、そして次第に大きく。熱くて硬いものに身体の中が抉《えぐ》られる。堪らなくなったのか、下から木下さんが腰を突き上げた。私は彼の腕の戒めを解いてやり、皺だらけになったネクタイを摑んで彼の身体を起こした。咥えた下着を摑み出してやると、綺麗な水色のマーガレットは木下さんの唾液でべとべとになっていた。ベッドの外にそれを投げ捨てた。

「動いて良いですよ。気持ちよくしてください」

言うや否や、木下さんは子宮を破るような勢いで私の身体を突き上げた。やめて、壊れる。その言葉は意味を持たず、ただの悲鳴になった。やめてやめてやめて、やめないでやめないでやめないで。やめて、やめないで、もっとして。陰核が木下さんの毛に擦れてひくひくと痙攣する。木下さんは私の足を持ち上げると身体を器用に回転させ、四つん這いにさせた私の上に覆い被さった。犬の交尾、猫の交尾、うさぎの交尾。身体を深く抉られ、私は再び悲鳴をあげた。もう、痛みなのか悦びなのか判らない。それでも私は木下さんを拒絶することなく、一際大きく波を打って熱い体液を私の中に吐き出すまで、彼を咥え込んでいた。シーツに涎の海を作りながら私は荒い息を吐く。木下さんはうしろから私を抱え、中でどくんどくんと波打つ快楽の余韻を堪えていた。

それから私は一週間に一度、木下さんと食事をし、セックスをするようになった。あの趣味の悪い部屋で、女は男の上で白蛇のように身体をくねらせる。ねえ、鏡に映るおまえは誰と交わっているのですか。誰を殺したいんですか。

向こう側の女は笑いながらおまえだよと答える。睡眠不足がつづいているんだろう、魂を手放せば思う存分眠ることができるよ。みっともない死に損ないめ、あの時に死ねば良かったんだ、他人の血を貰ってまで生きていたいなんてどれだけ浅ましいんだおまえは。ほかの男の上でまでものほしそうに声をあげて、どれだけ貪淫《たんいん》なのだおまえは。

私は手首の縫い傷を見る。四年前、木下さんによく似たおじさんは私よりも別れた妻との間に授かった子供を選んだ。辛そうに別れを切り出す男を、私は引っ叩いてネクタイで首を絞め上げ、殴りかかり縋り付いて泣いた。お願い、私を見て、私だけを見て、私だけを抱いて。子供なんかコンクリに詰めて海に沈めて、私だけを愛して！

自分から男を物理的に拘束したのはそれが初めてだった。そしてそれから時間が経つにつれて、相手が男だろうが女だろうが、性的な意味合いを持って触られるのが駄目になっていった。

肩をシーツの上に落とし動物の形に組み敷かれる私を見て、向こう側の女は再び笑う。貫かれる痛みに私は悲鳴をあげる。女は言う。慈しむ温かい手を自ら拒んでおきながら他人に愛してほしいだなんて、なんて強欲なのだ、と。ああそうだとも、私は強欲だ。汗に濡れたシーツを握り締め、私は歯を食い縛る。慈しむ温かい手なんて存在しない。私を包む温かい手なんて。

「ああ須藤さん、イクよっ」

苦しげな木下さんの喘ぎ声が頭上から聞こえる。首筋にぼたぼたと冷たい汗が降った。

夕闇に吐く息が次第に白くなるころ、恋人の帰りが遅くなってきた。いつもは私が帰るよりも早く帰ってきていたか、もしくは会社をサボっていたのに、ここのところ毎日私と同じか、それよりも遅い。だいたい夕飯を作って待っていたのは恋人だったので、私は家に帰ってもご飯がなくてひもじい思いをするようになった。寒い上にひもじいのは人の心を蝕む。

そういえば、何かひとつ企画が通ったって喜んでいたような気がする。それでか。私は冷蔵庫を漁り、冷凍してあったハムと缶詰のコーンでふたり分のピラフを作り、テレビを見ながらもそもそと食べた。全然美味しくない。古いアパートは建付けが悪く、いつも隙間風が通り抜けるので、オイルヒーターの温度をいっぱいまで上げてもあまり温まらない。コタツは秋口からの必需品になっている。古い電気コタツの中でうつらうつらしていると、恋人が玄関の鍵を開ける音がした。もうすぐ日付が変わろうとしている。私はコタツを抜け出して、玄関までお迎えに行った。

「早いね、帰ってたんだ」

恋人は登山靴のようなブーツを脱ぎながら疲れきった表情で言う。

「キミが遅いんだよ」

「ご飯、食べてきちゃった。なんか作ってくれてたの？」

「なに食べてきたの？」

「焼肉」

私は靴を脱ぎ終わった恋人の首に纏わりついた。寒さで硬くなった髪の毛からは脂っぽい煙のにおいはせず、鈴蘭のような甘酸っぱい匂いがした。冷えた唇にキスをする。そこからも、嗅ぎ慣れた薄荷《はっか》煙草の匂いしかしなかった。

恋人は私の頭をぐしゃぐしゃと撫で、あったかーい、と言いながら上着を脱ぐ。服の中からもふわりと鈴蘭の匂いが飛んできた。この匂いは石鹸ではない。飴色の枯れない花々が天辺に息吹く優婉なバカラの小瓶から漏れ漂うディオリッシモだ。私は見えない鈴蘭を彼女の首筋のあたりに探す。小さな白い花は可愛いのに、食べると死ぬ。心が離れゆくときに相応しい匂いだ。甘酸っぱい花と薄荷煙草。そして無垢なふりをして耽嗜へ誘い死に至らしめる毒。

「チャーハン作ったの？」

恋人はコタツの上に放置されたままの冷めた皿を見て尋ねた。

「うん、まずいけどね」

ピラフだよ、と否定することもできなかった。恋人はコタツの中に入り、テレビのチャンネルをぱちぱちと替えている。フライパンの中に残っている、食べられることなく生ゴミになるもうひとり分のピラフを思い、私の目からは涙が溢れた。

翌日から私は無断で会社を休んだ。ときどき木下さんから電話が来たけど、出なかった。ひとりのベッドの中は広くて、私はその空間を埋めるために何度もゴロゴロと転がった。私がいないところはすぐに冷える。寝ても寝ても寝不足はひどくなるばかりで、私は死んだような気分になった。

最初の日、恋人は午後十時に帰ってきた。そして私の作ったご飯を残さず食べた。その日のメニューはハンバーグとかぼちゃのポタージュで、かぼちゃの裏ごしが甘かったらしく、少しダマになっていて舌ざわりが悪かった。

二日目、恋人はやはり午後十時に帰ってきた。そして私の作ったご飯をほとんど残した。その日のメニューは根菜と魚の煮物で、昆布の出汁が美味しかったのに。

三日目、コロッケ。恋人は帰ってこなかった。携帯電話はつながらなかった。

四日目、鮭。恋人は帰ってこなかった。メールを送信したら、エラーになって戻ってきた。

五日目は日曜日だった。恋人は夕方に帰ってきた。やっぱり仄《ほの》かに鈴蘭の匂いがした。私はマドレーヌを焼いて待っていたけれど、恋人はそれを口にせず、ベッドに転がると速攻寝息を立て始めた。薄暗い空間は私を柔かく包まない。

言葉が、見えなかった。私たちが一緒にいた記憶の断片は白い羽毛のように散らばっているのに、この六畳の狭い部屋に、恋人の声も私の声も存在しない。恋人の寝息は規則正しく、やがて小さないびきをかきはじめる。コタツの上で小山を作るマドレーヌはまだ微かに湯気を立てていて、美味しそうだった。私は貝殻の形のそれをひとつ手に取り、小さく千切って恋人の唇に持ってゆく。恋人は最初、赤ん坊がイヤイヤするように首を横に振ったが、鼻を抓《つま》んで口を開かせ唇の間に押し込むと無意識に、彼女はそれを咀嚼して飲み込んだ。何度か同じことを繰り返し貝殻がひとつなくなると、私もその貝殻をひとつ自分の口の中に押し込み、嚙み砕いた。

ねえ。同じものを同じ時間に同じ部屋で食べて、笑いながら、美味しいね、って、言いたいね。

私は恋人の髪を撫でる。反応はない。

長い睫毛、薄い目蓋、細い鼻筋、桜貝の色した唇、これは鈴蘭の毒に犯された屍。窓の外は闇に沈み、ガラスには蠟人形みたいな顔をした女が映る。向こう側の女が問う。

そこのおまえは誰を殺したいんですか。


一週間の無断欠勤の挙句、何の連絡もせずに再び会社に行ったら、木下さんが即刻メッセンジャーを飛ばしてきた。喫煙所で、いやむしろ「梅沢」で、というメッセージに、私は新品の煙草と財布を持って部屋を出る。今日はマトリョーシカ柄のスカートに、クルーネックの黒いセーターとベージュのファーのショートジャケットを合わせ、それだけでも変なのに足元は青いウェスタンブーツという大層変な恰好なので、あまり外に出たくないのだけれど。

隣のビルの地下にある渋い喫茶室、「梅沢」に行くと、既に木下さんは来ていて、ウェイトレスにコーヒーを注文していた。こういう場所は、やっぱりおじさんの方がサマになる。便乗して私も緑茶を注文し、ソファに座り、煙草の皮を剝く。

「いなくなっちゃうかと思ったよ、どうしてたの？　なんで休んでたの？」

「風邪ひいてて」

「嘘でしょう。風邪ひいたくらいなら、連絡のひとつは入れられるよね」

「じゃあ、なんて理由をつければ良いんですか」

すぐに飲み物は来た。木下さんが煙草に火を点けるのにつられ、私も煙草に火を点け、お茶請けのおかきの袋を破きざらざらと皿にあける。

「俺から逃げようとしただろ」

とても低い声で木下さんは言った。私は溜息をつく。

「私には逃げるところなんてありません。私から逃げようとしている人はいますけど」

「俺は逃げようとなんか思ってないよ」

「木下さんじゃないです。私の恋人」

虚をつかれた顔が面白かった。木下さんはしばらく私を見つめたあと、灰皿に灰を落とし、再び私を見た。

「彼氏はいないって、言ってたのは」

「本当です。彼氏はいません。『恋人』って言ったんです」

「……女同士ってこと？」

「はい」

「どうして」

誰もがそう尋ねる。誰もが何の疑問も持たずにそう尋ねる。人よりちょっとばっかし綺麗な顔をしていて、折れそうに華奢な身体を持っている女は、誰もが男から庇護される存在だと思うのだ。私はおかきをざらざらと口の中に放り込み、噛み砕いた。きっと本物の貝殻はこういう歯ざわりだろう。

「私ね、卵巣がないんです」

「は?」

何を聞いたのかサッパリ理解していなさそうな木下さんのために、私はおかきを飲み下してからもう一度ゆっくり言った。

「ら ん そ う が、な い ん で す わ た し」

日本に来て間もない外国人に向かって喋っている気分だった。木下さんはそれでも不可解そうな顔をしている。

「ターナー症候群の45Xって言うんですって。染色体の異常? よく判んないけど、生まれつき卵巣がないの。タマゴがないの。だから、好きな人がいても、その人の子供が産めないんです私」

ぺたんこの胸もうすっぺらい身体も、中学生のような身長も、全部そのせい。木下さんは煙草の灰を落とすのも忘れて私を凝視していた。私はつづけた。

「昔木下さんにそっくりな人を好きでした。本当に頭がおかしくなるんじゃないかと思うほど好きだった。いつでも会いに行ったし、なんでもしました。でもね、その人には前の奥さんとの間に小さい子供がいたんです。私よりも子供の方が大事だって、言うんです。子供の成長が大事だって。ねえ。それを言われちゃあ、私もうどうしようもないでしょ。私は子供みたいな見た目だけど、あの人の子供じゃない。そして私はあの人の子供を産めない。ねえ、卵巣のない女がそれを聞いてどれだけ悲しい気持ちになったか判りますか」

——毎月の血を、見ることもできない私が。

再びおかきをつかみ、口の中に全部放り込んだ。がりがりと嚙み砕く音が響く。

「私の恋人は、女の子であることがイヤなんです。だからって男の子になりたいわけじゃないみたいだけど、女の子であることがイヤなのに、彼女の身体には卵巣があって私にはないんです。神さまって使えないですよね。私は神さまを信じてるのに、神さまは私を裏切ってばっかり。恋人に出会えたことだけは神さまに感謝してるけど、お互い好きになるのと同じくらいお互いを憎んでるんです。だって、ほしいのは相手の持ってる身体なんだもの。相手は女の子だから、いくらものすごく好きになっても『子供が』とかいうどうしようもない理由で壊されることはないけど、私は彼女を哀れむし、憎む。彼女もきっと私を哀れんで、憎んでると思います。話逸れましたけど、質問に対する答えになってますかこれで」

この話は、「どうして」という質問に対する、四番目の答え。あと三つの真実と嘘がある。四番目の答えは一番真実に近いものだった。手に持った湯呑みはすっかり冷えている。私は深く息を吸い込み、長く吐き出し、お茶を啜った。

木下さんはなかなか複雑な顔をしていた。半信半疑なんだろう。私だって私が何者なのか判らないんだから、他人からすれば相当胡散臭い。

「……レズだったってこと？」

だいぶ時間が経ってから、木下さんはまことに間抜けな質問をして私を笑わせた。

「卵巣のない女と、女でありたくない女を両方女として扱ってくれるなら、そういうことになるんでしょうね。男の人とも付き合ってるから、レズじゃなくてバイセクシャルっていう呼び方が正しいと思うけど」

「ごめん、そういうことじゃなくて、なんて言えば良いのか判らないんだけど」

「別に何も言ってくれなくて良いですよ、きっとびっくりしてるでしょうし」

木下さんは残ったコーヒーを飲み干し、ソーサーに戻すと私をまっすぐに見た。

「びっくりしてるけど、俺は今までどおり須藤さんが好きだから」

「そんな偽善、いりません」

今までどおりって、何。今までと今の境目はなんなの。

私はソファから立ち上がり、出口に向かった。猛烈に眠かった。恋人を待っている日々は一日の半分以上寝て過ごしていたので、寝溜めできているはずなのに、まだ眠い。足元がフラフラして、地面がぐにゃぐにゃしていた。家に帰らなきゃ。そして寝なきゃ。うしろから木下さんが追いかけてきているようだ。男の人の声が聞こえる。私は通りに出て、すぐにタクシーを捕まえた。荷物は会社に置きっぱなしだけど、鍵と財布があるので帰れる。車のドアが閉まると、木下さんの声ももう聞こえなかった。お願いだから眠らせて。


人は皮を剝がすのが好きだと思う。たとえばカサブタ、日焼けした肌、剝げかけたマニキュア、煙草のビニール、そして動物の毛皮。

私は畳の上に置き去りにされたうさぎのコートを拾い上げた。部屋からは恋人の荷物がぜんぶ消えていた。私が会社に行って木下さんと話していた何時間かのあいだに運び出したようだ。お互い、もともとそれほど荷物が多くはなかったので、運び出すのはたやすかっただろう。

タクシーの中でだいぶ眠ったのに、ますます眠気はひどくなってきている。

ねえ、これからもっと寒くなるっていうのに、コートなしで大丈夫なんですか。

私は恋人のフワフワの髪の毛を思い、ピンク色の偽毛皮の表面を手のひらで撫でた。

ちっともフワフワじゃなかった。蛍光灯をつけてまじまじと見ると、それはだいぶ汚れていた。毛並みは雨の日に無理矢理散歩させられている犬のようにぼそぼそになっているし、使い古された子供のぬいぐるみみたいに薄汚れていた。

私がいなくて寂しくて寂しくて、恋人はよくこのコートにくるまって丸まっていた。

私は座り込み、同じようにそのコートにくるまってみた。恋人の匂いがした。

……どこの悪いワニに騙されて皮を剝がされちゃったの？

私は恋人の匂いと涙の染み込んだぼそぼその毛並みに顔を埋めた。そしてしばらくのち顔をあげた。

小ズルい白うさぎは、ワニに皮を剝がれたあげく、騙されて自ら塩を身体に塗りこめ、自業自得とはいえとんでもないことになっていたはずだ。

バカで丸裸なうさぎ。恋人はバカだ。そして今、皮を剝がれて裸だ。皮はここに置いてあった。きっと次は身体に塩を塗ってごらんと言われて、何の疑いもせずに塩を塗り、痛いよ痛いよと言って泣くんだろう。座り込んで泣いている様子が目に見えるようだ。助けてよって私に言うんでしょう。どうにかなっちゃうから、お願い助けて、って縋るんでしょう。

——真っ赤になった肌を癒すために、ガマの穂を届けなければ。

私は重い目蓋を上げる。

——寒さから守るために、コートを着せてあげなくては。

眠くて眠くて、もう意識が飛びそうだったけれど、私はうさぎのコートを羽織ると立ち上がった。それでも眠気は私の身体を意識のない世界へ引っ張ろうとする。コタツの上に、恋人の髪を切るための銀色の鋏が置いてある。私は腕を伸ばしてそれを摑み、手首の柔かいところに刃を向けて振り下ろした。散髪用の鋏は先が尖っているので、それは簡単に皮膚を突き破って肉の中まで潜った。服と畳に赤い血が雫を垂らし、小さな池を作る。

痛みが、私の目を醒ましていく。頭に掛かった薄雲のような眠気を晴らす。血の池が人の頭くらいの大きさになったころ、嘘のように晴れ晴れとした気分になった。

もう、眠くない。

鋏を抜き、コートの腕を捲くり、肘の上をハンカチで縛った。端っこを口で咥え、思い切り引っ張る。どくどくと流れていた血液はそこでせき止められ、これ以上激しい手首からの出血はなさそうに思えた。音を立てて痛みは増し、弱々しく血の雫は垂れているけど、きっといずれぜんぶ止まる。

皮を剝がれて塩を塗られたうさぎは、もっとずっと痛いだろう。そして自分のバカさ加減に呆れながら私を呼んで泣いてるだろう。

——待っててね、いま、助けてあげるからね。

スニーカーを履いて玄関を開けると、冷たい霧雨が降っていた。傘立てには傘が一本もなかったので、私はうさぎの耳のフードを被り、そのまま雨の中を走り出した。

雪の水面

父も母も私も、北のほうの小さな町で生まれました。住人の男のほとんどが漁師になる漁師町に住んでいながら、そして健康な男でありながら、父は漁師ではありませんでした。あまり詳しくは憶えていませんが、近くの何かの工場に勤めていたようです。しょっちゅういなくなる性分の人で、母は毎晩、私が寝付くまで笑いながら歌うようにして、父の悪口を聞かせるのでした。

おそらく母によるそういう刷り込みのおかげで、私は父が嫌いでした。二、三ヶ月家をあけて気まぐれにフラリと戻ってくるたびに、私は母の真似をして笑いながら「あなたはとんでもない人でなし、死ねば良い」と言いつづけました。絶対的に母が正しいと思っていたのです。当時の私には母以外の正義はありませんでした。

あの町では、雪が真横に降ります。言い過ぎかもしれませんが、幼い私の目には真横に降っているように見えました。岩場に打ち付ける絶え間ない、なんだか痛いような波の音が、何本もの鋭い雪の線によって切り取られる。頬に降ってくる雪は誰かに投げつけられた石礫《いしつぶて》のよう。

母は長い髪の毛を帽子で押さえもせず風に翻弄されるがままになりながら、岩場で私の手をぎゅっと握り、「痛いねえ」と言いました。不思議と、家に帰りたいとは思わなかったのです。緑色にも見える灰色の空に、岸壁に打ち付けた波が砕けて散ってゆくさまは、何か寿命の短い動物を見ているようで、いくら見ていても飽きませんでした。次第に耳が痛いのも頬が痛いのも、母が横で泣いているのも忘れ、私は海の向こうに思いを馳せていました。

この動物たちを生み出す海の向こうには、いったい誰が、どんな魔物が住んでいるのだろうと。

そして母が消えたとき、私はそれこそありとあらゆる大人たちから、質問というよりも尋問と言ったほうが相応しい刺々しい言葉の礫を浴びせられました。雪の石礫よりも、痛かった。

……あの日、珍しく晴れた夜。母は私の手を引いて、月明かりの眩しい海辺へと夜の散歩に出かけたのです。ちょっとした恐怖を覚えるほど月は白く、沖のほうで漁をしている船の灯りが水平線にぽつぽつと見える。そのほかは目を覆ったような闇。私がひとり、狭い砂浜で遊んでいる隙に、母は突如、消えました。

お母さん、お母さん、と狂ったように泣き叫んでいたのを憶えています。いなくなった、のではなく、本当に母は、私の目の前から消えたのでした。

大人たちは質問を何百回何千回と私に浴びせましたが、もういなくなってしまった母の姿はそのたびにぼやけてゆきました。

私の記憶の中で、母の姿は完全に——数週間前に家を出てから、ついに戻らなかった父同様——あの雪に切り取られた空の向こうに消えていったのです。

私が叔父様の家へ引き取られたのは、忘れもしない九歳の誕生日のことでした。

まだ家族の温かみというものが何なのかも判らない年齢で、私は家族を失った——生死が判らなくとも、傍からいなくなればそれは失ったも同然でした。

今、私の住む叔父様の家は、元々住んでいた町の海とは反対側の海の近くに建っています。そう叔父様が教えてくれました。高台から海が見下ろせる広いマンションの一室は、生まれ育った町の、隙間風の吹きすさぶアパートと比べようにも比べることのできないくらいの、お城のようなしろものでした。単身用のマンションですが、叔父様が改築してくれたおかげで私の部屋もちゃんとあります。

……ふたつの海は、あまりにも違う。

高台のマンションの大きな窓から眺め下ろす港は、波は穏やかで深くくすんだ藍色の水を湛えています。大きな船、小さな船が絶えず行き来し、来訪者を迎え送り出す空は、やはりくすんでいて、それでも青い。

「靖恵《やすえ》、おいで」

ぼんやりと窓の外を眺めていたら、背後から叔父様の声が聞こえてきました。

「はい」

私は返事をして、叔父様の寝室へと向かいます。叔父様に呼ばれるといつも、おなかの底のほうから温かな水が湧いて満ちてくるような気持ちになる。それが「嬉しい」なのか「怖い」なのかは判らないけれど。

既に下着姿の叔父様は、私の着ていた浴衣を脱がせ、磨かれたフローリングの床に落とすと頭を摑んでその脚の間に導きました。いつものように私は下着の端を嚙み、それを下ろし、中途半端に膨らんだ陰茎に舌を這わせます。付け根のほうから舐め上げ、鈴口の隙間に尖らせた舌を差し入れ、全体を丹念に舐めていると叔父様は私の頭を撫でてくれました。

「上手になったね、靖恵」

「ありがとうございます、叔父様」

叔父様の陰茎は私の舌に舐られているあいだにむくむくと大きくなってゆき、人体とは思えないほど硬くなります。

そうすると、今度は叔父様が私の身体の上に伸し掛かってくるのです。まだあまり膨らんでいない胸の突起に吸い付かれ、その先端を丹念に舐られると私も耐えられず、声を漏らしてしまいます。

「叔父様、叔父様」

「もっと声をお出し」

「あっ、ああっ、叔父様、お願い、反対側も」

懇願すると叔父様はやっと、もうひとつの突起も触ってくれます。指の先でくるくると撫で、尖ってきたものを抓んでひっぱられる。両方に与えられる絶え間ない刺激に喘ぎながら私は叔父様の背中に腕を廻し、ほかのところも触って、と心の中で願います。

けれど、叔父様はそれ以上触ってはくれません。私の声が泣き声に似てきたころ、叔父様は身体を離し、優しく、しかしどうしたって抗えない声色で言いつけるのです。

「ひとりで、してごらん」

私は広いベッドの上で叔父様の唾液に濡れた自分の胸を触りながら、もう片方の手を脚の間に差し入れ、漏れ出した自分の体液を指先で陰核に擦りつけながら、叔父様に自慰を見てもらうことになります。

叔父様はベッドの傍にある肘掛け椅子に座り、自分の陰茎を撫弄しながら私がひとり絶頂に達しようとするのを眺める。

「叔父様、見て」

「見てるよ、靖恵」

「叔父様に見られていると、もうこんなに」

静かな部屋に、私の吐息と脚の間を弄るくちゅくちゅという音が響き、それに叔父様の吐息が混じるころ、私の身体は一気に熱くなり、冷たくなる。そして叔父様の陰茎から吐き出された精液が床にぼたぼたと落ちる。

私はすかさず冷たくて重い身体をベッドから落とし、床に這《は》い蹲《つくば》って白濁した精液に舌を這わせました。

「ちゃんと綺麗にするんだよ。ここは靖恵の家でもあるのだからね」

「はい、叔父様」

まだ生温かい精液を舐め取っていると、叔父様は裸のまま、部屋を出てゆきます。やがて扉の向こうからシャワーの音が聞こえてきました。

私はこのとき、世間的には中学生と呼ばれる年頃でした。けれどあの町を離れてからは学校に行ったことがありません。九歳でこのマンションに引き取られてから、読み書きや計算は叔父様が教えてくれました。

あの小さな町に住んでいたときも、学校はテレビドラマで観た古い牢獄そっくりで大嫌いでした。漁師町の小学校の生徒で父親が漁師ではない、というのは立派な村八分の理由になります。叔父様は私を引き取ってくれたあと、まず最初に「学校に行きたいか」と尋ねました。私は「行きたくない」と答えました。学校だけでなく、もう外に出たくない。出たらまた大人たちから言葉の礫をぶつけられる。私が泣きながら懇願した希望を、叔父様は叶えてくれたのです。

叔父様がまず最初に私に教えたことは、口淫でした。最初は抵抗があったような気がします。けれど、叔父様が気持ちよさそうな声を出してくれることがやがては私の喜びに変わり、初めて叔父様が私の口の中に精液を放ってくれたときは、達成感に満たされました。

そのあとに教えてくれたことは、自慰です。乳首を触ると脚の間が濡れてくるなんて、叔父様に教えてもらうまで知りませんでした。両の乳首を自分で弄りながら気持ちよくてどうしようもなくなって、その先を模索しているとき、叔父様は私の脚の間に指を差し入れ、陰核を探すとそこを強く押し、指を震わせました。ベッドの上で痙攣しながら、私は新しい世界が開かれたのを感じました。

ひゃあぁぁぁ、と叫んだことを憶えています。

これを自分の指でできるように憶えて、叔父様の前で見せてごらん。

そう言われてから私は毎日、自慰に励みました。やがて自分の指でも達することができるようになると、叔父様は私に毎日、それを見せるように言いました。私が自ら身体を弄り腰をくねらせ、最後に痙攣している様を見ながら、叔父様も自分で達する。ときどき、気まぐれに触ってくれる。

私はこの部屋で海を見ているか叔父様に自慰を見せているか、もしくは自分の部屋で寝ているか、そのみっつをずっと繰り返し生きてきました。勿論、叔父様から言いつけられた勉強もします。それまで学校の男子たちが「ちんこ」と呼んでいたものは正しくは陰茎と呼ぶとか、これまで女子たちが「あそこ」とぼかしていた、触って気持ち良いところを正しくは陰核と呼ぶとか、自分で陰核を触る行為を自慰と呼ぶとか、そういう楽しいことも教えてくれましたが、普段叔父様と会話するときには大人のように正しい日本語を使うように、とも言われました。それに「国語」と「算数」も教えてくれる優しい叔父様。小学校に通っていたときは教えてもらえなかった難しい字を覚えて長い文章を書けるようになったり、算数が一度で「解読」できたりすると褒めてもらえるしたくさん触ってもらえるので、私は一生懸命勉強しました。

ある朝起きてリビングへ向かうと、叔父様がカレンダーを破いているところでした。既にスーツに着替え髪を撫で付けた叔父様の傍らには銀色に光る大きな鞄が置いてありました。

「叔父様、月が代わるの？」

「ああ、今日から五月だ」

いつの間に春が来ていたのか。私は急いで窓辺へ向かい、カーテンを開けました。たしかに、空が冬に比べて明らかに白く霞んでいる。

「五月だから、叔父様、またどこかへ行くの？」

「すぐに戻ってくるよ」

毎年五月の初めに、叔父様は十日ほど家を留守にします。どこに行くのかは知りませんし、私にとってはどうでも良いことでした。叔父様が戻って来さえすればそれで良いのです。

「いつものことだけど、絶対に外へ出てはいけないよ靖恵。ドアの呼び鈴が鳴っても開けてはいけない。万が一誰かが入ってくる足音が聞こえたら部屋の中でじっとしているんだよ」

叔父様は背の低い私に合わせてしゃがみ、言いました。

「判ってるわ叔父様。私が外に出たことなんてないでしょう」

「良い子だね。今までどおり、お利巧にして待ってるんだよ」

「はい、叔父様」

私が頷くと叔父様は私の頭を少しだけ撫で、鞄を手に取って玄関へ向かいました。しかしいつもどおり出てゆくはずの叔父様は、いちど踵を返して私のほうへ戻ってきました。

「ねえ靖恵」

私の名を呼ぶ叔父様は、何故かひどく辛そうに見えました。ときどき、こういう顔をします。けれどそのわけを訊いたらいけないような気がして、未だに訊くことができません。

「なあに、叔父様」

ほら、今日も訊けなかった。

「……戻ってきたら、ふたりでどこかに引っ越そうか」

「どこかって、どこへ？」

「いや……なんでもない」

変な叔父様。眉間に皺を寄せた叔父様は珍しく私の身体をぎゅっと抱きしめたあと、額にくちづけをしてくれました。

「じゃあ、行ってくるよ」

見送りをするのは禁じられているため、私は玄関から離れた柱の陰からその姿を見送りました。

扉の閉まる音が聞こえたあと、私はひとり、ダイニングテーブルに置かれた冷えたトーストを食べます。冷蔵庫からミルクを取り出し、レンジで人肌に温め、それでパンを流し込みます。

――また、長い十日間が始まる。

朝ごはんを食べ終えたあと、私は玄関の横にある小さな自分の部屋へ戻り、座り込んで膝を抱えました。ベッドもない、箪笥もない、窓も電気もない狭くて暗い部屋です。それでもこの部屋は叔父様が私のために用意してくれたもの。

叔父様がいない十日間、私はいつも雪の町のことを思い出します。思い出したくないのに、することがない真っ白な時間は、否応なしに私をあの凍えるほど寒い灰色の町に連れてゆくのです。

お母さんが突如消えたあと、私は長いあいだ知らない大人たちに見張られました。お父さんはどこにいるの、というのが一番多く訊かれたことです。お父さんは一度も姿を見せませんでした。

親戚はいないの、という質問もされました。私は「親戚」という言葉の意味を知らなかったので、首を横に振ることしかできませんでした。お父さんやお母さんのきょうだいのことだと大人たちに説明されましたが、そんな人、お母さんからもお父さんからも聞いたことがありません。

大人たちは痩せ細って憐れな見た目の私を、何故かテレビカメラの前に連れ出そうとしました。

――いや、いやだ。

寄ってたかってことさら憐れっぽい化粧を施された私は、そのとき初めて大人たちに抗議をしました。テレビなんかに出たらまた学校でいじめられる。貧乏人が生意気にって先生にも殴られる。

連れてゆかれた大きなビルの中を、私は走って逃げ惑いました。うしろから大勢の大人が追いかけてくるのは、恐怖以外の何物でもありません。

お願いだから放っておいて。ひとりであのアパートで待っていたら、きっとお父さんがまた戻ってきてくれるはずだから。もう、お父さんの顔もあまり憶えてないけど、戻ってきたら思い出せるはずだから。

苦しくて胸が潰れそうになりながらも、私は走りつづけました。ビルは海からうんと離れているはずなのに、耳の奥にはあの風鳴が聞こえる。


——……おいで！


叔父様がいないあいだ、私は冷蔵庫の中から好きなものを選んで勝手に食べて良いことになっています。魔法の箱みたいに大きな銀色の冷蔵庫が私は大好きでした。私の好きなチョコレートのケーキも、冷凍のピラフも、読めない言葉が書かれたパッケージのなんだかよく判らないおかずも、叔父様がいないあいだは食べ放題です。

あの町で暮らしていたころ、家には食べるものがあまりありませんでした。同じクラスの子が「昨日はお誕生日会でお母さんの作ったケーキを食べた」と言うたび、アパートへ帰って私はお母さんにケーキをねだったものです。

うちは貧乏だから、ケーキは食べられないの。

お母さんは笑いながら言って、私の頭を撫でてくれたのですが、今となっては頭に触れたお母さんの手がどんなものだったのか、思い出せません。冷たかったのか、温かかったのか。海を見ながらつないだ手の湿った感触は憶えているのに、それ以外が思い出せない。

叔父様は、私がこの家に来た記念の日には必ず大きなケーキを買ってきてくれます。靖恵が生まれ変わった日なのだから、この日が靖恵の誕生日なのだと言って。

――叔父様の誕生日はいつなの？

大きなケーキを前にして、いちどだけ尋ねたことがありました。叔父様は笑いながら答えました。

――叔父様には誕生日がないんだよ。

――どうして？ 私みたいに誕生日を作れば良いでしょう。

――そうだね。でもね、生まれた日も生まれた場所も、大人になったらそんなに重要なことじゃないんだ。

その答えに私は納得したのかしなかったのか憶えていません。けれど今でも憶えているということは、おそらく納得しかねたのだと思います。

九歳でここに来てから、壁にかかっているカレンダーが四つ変わりました。叔父様だって私と同じく四つ年を取っているはず。

冷凍庫から出して温めたピラフを食べたあと、私は少し叔父様のベッドで眠りました。枕には叔父様の匂いがしみついていて、その匂いを嗅ぐと私の脚の間は濡れてきます。叔父様の指に撫でられているのを想像しながら、私は自分の細くて短い指で陰核を撫でました。叔父様に触ってほしい。叔父様に触られながら、達したい。

一度達してそのままベッドの上でまどろんでいたら、玄関のほうから声が聞こえてきました。通常、この家には誰も来ません。叔父様は「誰かが来たら自分の部屋でじっとしているんだよ」と言いますが、あの町のアパートみたいに絶えず誰かが扉を叩いて怒鳴っている、なんてことは今までに一度もありませんでした。

けれど、その日は人の声が玄関の外から去りませんでした。私は身体を起こし浴衣を羽織ると自分の部屋へ向かい、廊下側から見ると壁と同化する、取っ手もない扉を内側からぴっちりと閉めました。隙間がないため光も入ってきません。

やがて玄関の扉のノブが乱暴に廻されているらしい音が聞こえてきました。私は恐ろしさに身を縮めつつも、壁際に耳を欹《そばだ》てました。

「誰もいないぞ」

いつの間に鍵を開けたのでしょう。男の声がすぐ傍に聞こえてきます。叔父様と同じ、「正しい日本語」を抑揚なく発する男の声。

「子供がいるはずだ、行く先を知っているかもしれない、探せ」

家に入ってきたのは、足音と声を聞いている限り、ふたりでした。どうしよう、叔父様、私どうしたら良いの。絶対に部屋から出てはいけない、と叔父様は言ったけれど、男たちは家中を引っ繰り返して何かを探しています。その「何か」はおそらく私です。壁を叩く音が聞こえる。もしこの部屋の壁を叩かれたら、ここに部屋があることがばれる。

男ふたりの声と足音が寝室のほうへ遠ざかったのを確認したあと、私はそっと扉を開けました。声は遠い。そしてこの部屋は玄関に一番近い。

浴衣の前を手繰り寄せ、私は思いきって部屋を出ました。玄関の扉を開けると、びゅっと風が通りぬけ、向こうにいたはずの男たちが「子供がいたぞ!」と叫んでいるのが聞こえてきます。足音が近付いてくる前に、私はそのまま走り出しました。

マンションの非常階段を何階分下ったのか判りませんが、とにかく私は外に出ました。

足の裏にいろいろなものが突き刺さって痛くてたまりません。でも、四年ぶりに見た世界は夜だというのに様々な光に溢れていました。

裸の上にピンク色の桜の模様が入った白い浴衣を羽織っただけの私を、人々はぎょっとして振り返ります。男たちの足音と怒鳴り声はやがて聞こえなくなりました。それでも私は走りつづけました。マンションは山の上に建っているので、周りは下り坂だらけです。私はその中でも一番木々の鬱蒼とした坂道を下りました。

「……っ」

今までにない痛みに私は地面に膝をつかざるをえなくなりました。痛みを訴える足の裏を見ると、親指の付け根のところに小さな釘が突き刺さっていました。そして、途端に震えるほどの寒さに襲われました。

どうしよう、叔父様。

もう、歩けない。

足が痛い。

寒い。

怖い、と思った刹那、涙が溢れました。坂を上ってくる人たちが、泣いている私をあからさまに避けてゆきます。

どうしよう、どうしよう叔父様。たすけて、叔父様。

足の痛みに動くこともできず、ただ泣くことしかできない私は、しばらくして「大丈夫？」という言葉を聞きました。驚いて顔をあげたら、目の前には若い男がひとり、立っていました。叔父様よりも若く、私よりも年上。そんな年のころの男です。さっき部屋に入ってきた男たちとは声が違いました。

「どっかから逃げてきたの？」

男は私に訊きます。私は首を縦に振りました。

「ここらへんに売春宿なんてあったかな」

「バイシュンヤド？」

「そんな格好だし、そうでしょ？」

男は私に向かって手を差し出してきました。

――……おいで！

四年前に、叔父様がそう言って私の手を摑んだことを思い出し、私は反射的にその男の手を摑んでいました。

――おじさん、誰？

――きみのお母さんの弟だよ。

――親戚？

――そう、きみの叔父様。

叔父様はあの日、テレビ局のビルから私を連れ出して、黒いワゴンの後部座席に私を乗せ、ものすごいスピードであの町を出たのです。きっとこの人は本当のお父さんなのだ、悪い人たちから守るために私を迎えにきてくれたのだ、と思って、差し伸べられた美しい男の手を摑んだのだけれど。

――ほんとのお父さんじゃ、ないんだ。

私は叔父様の言葉に若干ガッカリして、言いました。

――ほんとのお父さんだと思っても良いけど、叔父様って呼んでくれたら嬉しいな。

――うん、判った、……叔父様。

車の窓の外はどんどん景色を変え、雪の色も、匂いも、気配すらもうしろに押し流す。

叔父様のマンションに来て何よりも嬉しかったことは、テレビがなかったことです。あの町のアパートの部屋では、ずっとテレビがついていました。お母さんもお父さんもテレビばかり観ていて、私が話しかけるととてもイヤな顔をしたのです。テレビがないということは、叔父様はお父さんやお母さんみたいに私を無視することなく、私が話しかけたら答えてくれる。実際、叔父様は私の話にじっと耳を傾けてくれました。

だから、私は男に連れてこられたキラキラ光る建物の中の薄暗いその部屋で、四年ぶりにテレビを観ました。

男は大きなベッドに座って私の足を洗って手当てをしてくれたあと、小さな冷蔵庫に小銭を入れ、ガチャンと音を立てて中からビールを取り出しました。

「飲む?」

「いりません」

テレビの中では綺麗なアナウンサーがニュースを読んでいました。映像が切り替わったと同時に、私は「あっ」と小さな声を出しました。画面に映っている大人の男を、私は知っている。男は私の声につられてテレビのほうを見ると、唇の端を歪めて言いました。

「こいつまた出てる。一回テレビ出るだけでいくらもらってるんだろうな。良い商売だよな、被害者って」

どういう意味か判らないまま、男の手によってテレビは魔法のように消されてしまいました。

「君はいつもいくらで売ってるの？」

広いベッドの縁に腰掛けて男は私に訊きました。

「……？」

「見た感じ、まだ未成年だよね？」

「おじさんは？」

私が尋ねると、男は困ったように笑いました。

「おじさんって、俺まだ十九なんだけどな。もしかして、ちょっと頭弱い子？」

「叔父様はいつも靖恵は良い子だって褒めてくれる」

「靖恵っていうの。最近の子供にしては地味な名前だね」

「靖恵の前は『ゆあ』だった。お父さんとお母さんがつけた名前。でも叔父様が靖恵のほうが良いって言って変えてくれたの」

「そっか。やっぱりちょっと訳アリの子なんだね」

そう言うと男は着ていた服を脱ぎ始めました。私もいつもするように羽織っていた浴衣を脱ぎました。

「日本っておかしな国だよね。児童ポルノを禁止するとかどうとか法律で言いながら、裏ではこんな子供が売春してて、それを取り締まることもできないなんて、おかしな国だよね」

私は目の前に突きつけられた、叔父様のよりも少し小さな陰茎に舌を這わせました。口の中に含むとそれは叔父様のよりも硬くて、出てくる体液は青臭い。

男はしばらくすると私の頭を押さえ、陰茎を抜きました。そして私の身体をベッドの上に転がし、べろべろと乳首を舐め始めました。叔父様の優しい舐め方とちがってそれは乱暴で、痛いくらいだったのに、私の口からは喘ぎ声が漏れていました。

「あっ、やんっ」

「こんなに小さいのにちゃんと感じるんだな」

男はしばらく乳首を舐めたあと、私の両足を摑んで空中に持ち上げました。そして驚いたことにおしっこの穴に口をつけて吸り始めたのです。叔父様はそんなことしませんでした。

「だめです、汚いからやめて」

「良いね、その嫌がり方」

男の舌に陰核を舐られ、ずずず、と音を立てて吸い上げられるたび、私の身体は高い声と共に大きく震えました。なんだか怖いくらいに気持ち良い。脳天を引っ張られるようにして喘ぎ声を出してゆくうちに、突如身体が激しく痙攣し目の前が真っ白になりました。

「あ、あ、あああああぁぁぁぁーっ」

自分の指では感じたことのない快楽に、私は喜びよりも罪悪感に満たされました。叔父様が達する前に私だけ達してしまった。けれど今この目の前にいる男は叔父様ではない。そして彼は自分で自分の性器を弄っていない。どうすれば良いのだろう。

「すっげえぐちゃぐちゃだ。ひくひくしてるよ」

男は私の脚の間から顔を離すと、唇を光らせながら言いました。

「ごめんなさい、ごめんなさい」

私はまだ痙攣する身体をなんとか起こし男の許しを請うたのですが、男は「だめ、許さない」と言って、ふたたび私の身体をベッドの上に押し倒すと、まだ熱い脚の間に指を滑らせました。そして私は、自分の身体に、見えない穴があることを、男の指によって、知らされる。

「……」

なに、これ。

指が抜けたあと、指の何倍もの太さの陰茎が、その穴の中にめりめりと音を立てて押し入ってきました。

「い、いやあああぁぁーっ！」

「うわ、きっつ」

「やめて、離して！　あ、あああっ」

痛みよりも恐怖に私は泣き叫びました。

異物が身体に入ってくる。私が知らなかった穴の中に、男の陰茎が、叔父様のでない陰茎が、入ってくる。

いつも、私は叔父様に愛撫されたあと、おそらくどこかで、「何かが足りない」と思っていました。そして、その「足りない何か」が今、男のしている行為、すなわち穴の中に陰茎を埋めることであるとも、理解していました。

恐怖と痛みはやがてとてつもない快楽へと変わってゆきました。しかし変わってゆく最中に、男は穴の中で精液を吐き出し、陰茎を抜いてしまったのです。私は離れてゆく男の身体に縋りつき、懇願しました。

「だめ、もっとしてください」

「え？　もう？」

精液と私の体液に塗れた陰茎を摑み、私は夢中で口に含みました。男の陰茎はすぐに硬くなり、私はそれを自分の脚の間に誘います。男もすぐに腰を動かし始めました。

「足りない、足りない」

うわごとのように叫んでいる声を、他人のもののように私は聞いていました。

叔父様に愛撫され、自慰をして満たされたあとも足りないと感じていた。何度自慰をしても足りないと感じていた。足りなかった「何か」はこれだったはずなのに、実際私は男の陰茎に擦られて気が遠くなりそうなくらいに気持ち良いのに。

「足りない、まだ、足りない」

「なにが」

男の汗が降ってくる。真横に降る雪。海の向こうにいる誰か。突然いなくなったお母さん。男が魔法のように消したテレビに、映っていた男――お父さんの顔。その画面の右上にあった文字は読めなかったけれど、お父さんはたしかに「ゆあ」と言っていた。今更、そんな名前を聞くことになるなんて。叔父様がいなかったら生きてこられなかった私の名前を呼ぶなんて。

「足りない……」

「だから、なにが」

足りない。今までずっと感じていた足りない何かは陰茎だったけれど、今私の穴に入っているのは、叔父様の陰茎じゃない。優しくて頭が良くて美しい叔父様の。

——叔父様の陰茎じゃなきゃ、足りない。

何度目かの行為のあと、私はおそらく失神したのだと思います。気付いたら男の姿はなく、ひとりベッドの上に裸のまま転がっていました。ぼんやりとした頭の中で、私はこの先どうすれば良いのだろうと考えました。男が帰ってくるのを待つか、ひとりでここを出てゆくか。

考えている最中、ベッドの隣の台の上に置いてある電話がけたたましく鳴りました。電話を取ってはいけないと叔父様に言われているので、私はそれを鳴るがままにしておきました。何度か鳴ったあと、今度は部屋の扉が叩かれました。私は咄嗟《とっさ》にベッドを降り、その陰に身を潜めました。

「死体でもあったらシャレになんねーよ」

「うわー、マジ勘弁」

さっきまで一緒にいた男とは別の、若い男の声が聞こえてきます。私は息を潜めて隠れていましたが、すぐに見付かってしまいました。

「あ、生きてた。ねえちょっと一緒に事務室まで来てくれる?」

「とりあえず服着てくれる?」

「うわ、マジ若くね？　これ犯罪だろー」

私は男たちの手で浴衣を着せられ、両腕を摑まれたまま階段を下り、建物の隅にある小さな部屋まで連れてゆかれました。そこでは年老いた女がひとり、煙草をふかしていました。私の姿を見て、眉を顰《ひそ》めます。

「男、帰っちゃったの？　金置いてった？」

私はなんのことだか判らず、とりあえず首を横に振りました。お金はない。

「ねえあんた、いくつよ？　今後うちで商売されると警察に目つけられかねないから、もうやめてくれる？」

「……」

「あー。ちょっと頭弱い子なのね。じゃあもういいわ。名前は？　年は？」

「風間ゆあ、十三歳」

何故そんな名前を答えてしまったのか、自分でも判りませんでした。叔父様につけてもらった靖恵という名前があるのに、なんで私を置いていった父親のつけた名前なんか答えてしまったのか。昨日、一瞬でもお父さんが私の名前を呼んでいたからか。

女は私の顔を見つめたままちょっと難しい顔をしていましたが、少ししてから「あっ」と声をあげ、傍らにあったテレビのリモコンを摑み、私のうしろにあったテレビをつけました。

テレビの画面には、四年前の私の写真と、お母さんの写真が映っていました。

「風間ゆあさん」「風間美里さん」とそれぞれの写真の下に名前も入っていました。懐かしい、お母さんの名前でした。

「高橋君、警察に電話して、早く！」

女は扉の近くにいた若い男に向かって血相を変えて叫びました。警察、という言葉で反射的に私は立ち上がり、逃げようとしたのですが、その男に腕を摑まれて振り解くこともできません。

「えー、ウチで未成年がセックスしてたってなったら、営業できなくなるんじゃないですか。俺バイト探すのもうヤなんですけど」

「大丈夫よ！　お上に協力してやるんだから、営業停止なんてされたら逆に訴えてやるわよ！　いいわ、そのまま逃げられないように押さえといて」

女は傍らの電話を取り上げると、どこかの誰かに向かって訴え始めました。

「──ほら例の、子供のほうがうちのホテルにいるんですよ！　ええ、テレビで公開されてる写真と比べたらそっくりなんです、名前も一緒なんですよ！」

例の。例の、ってなんだろう、と私は男の手に抱えられながら、ぼんやりと考えました。

「家に帰らないと叔父様に叱られる」

と私は何度も訴えました。

「ゆあちゃんには叔父様なんていないんだよ」

と、警察の男は何度も私に説きました。

「嘘、だって叔父様はお母さんの弟だって言ったもの」

「だからその男が嘘をついているんだよ。ゆあちゃんに親戚はひとりもいないんだ」

「でも叔父様はお母さんの弟だって、私を助けてくれたの、嘘つきじゃないもん」

長い間、私が泣き疲れて黙るまで、警察は「叔父様なんていない」と言いつづけました。

広くて雑然とした部屋の中、大勢の大人に囲まれ、なんだか汚らしい灰色の服を着せられ、これじゃ私が逮捕されたみたいです。

私が黙り込んでしばらくののち、制服を着た若い女が食事を載せた盆を私の前に置きました。

「ゆあちゃん、おなか空いているでしょう」

慈悲深そうな笑顔で女は私にスプーンを握らせました。やめて、子供じゃないんだから。私はスプーンを放り出し、席を立ち逃げようとしたのですが、女の手に捕まり、再び席に戻されます。

「どうして逃げるの。これからはお父さんと一緒に暮らせるのよ？　嬉しくないの？」

「お父さんなんて、お母さんと私のことをずっと放っておいたくせに、お母さんを何度も泣かせたくせに」

「……」

大人たちは私の言葉に無言で顔を見合わせました。彼らの背後でつけっぱなしになっているテレビでは、涙ながらに私とお母さんの名を呼びながら、「せめて一目で良いから会いたい」などと言っている、かつてのお父さんの顔が映し出されています。

「こんなの嘘っぱちよ、お母さんと私がいなくなってせいせいしてるはずだもの、お父さんとなんか暮らしたくない、早く叔父様のところに帰らせて」

私が再びスプーンを放り出してテーブルを叩くと、さっきから私にいろいろ質問してくる男が、困った顔で尋ねました。

「その叔父様、せめて名前だけでも判らないのかい？」

「知らないって言ってるでしょう。叔父様は叔父様なんだから」

そのとき、バタバタと若い男が大きなファイルを手にして走ってきました。

「あったか？」

年嵩の男が若い男に尋ねると、若い男の方はハンカチで額を拭いながら頷き、私の目の前にその分厚いファイルを広げました。

「ねえゆあちゃん、この中に君の叔父様はいるかな？」

一ページ目の左上には写真が貼ってあり、そのほかの白い紙の部分にはビッシリと文字が書かれていました。

「この人は知ってる。叔父様の古いお友達だって写真を見せてもらった」

「えっ？」

私はページを捲り、次の顔も確認しました。それも写真で知っている顔でした。いつか私も一緒に過ごすことになるのだと、まだ私が叔父様の家に引き取られたばかりのころ、言われたことがあります。

「この人は爆弾を作るのが上手なんだって。私もいちど叔父様から作り方を教えてもらったけど、うまく作れなかった」

その返答に男は顔色を変え、私の肩を摑み詰問しました。

「……そのほかに、何を教わった？」

「口淫と自慰と算数」

「コウイン？　ジイ？」

「叔父様の陰茎をしゃぶって口の中に精液を出してもらうの。自慰は自分で陰核を弄るの。大人なのにそんなことも知らないの？」

私が顔をあげて尋ねると、傍らにいた女は唇をわななかせ、顔を覆って泣き出しました。泣きたいのは叔父様と引き離された私なのに、と猛烈な怒りが込み上げてきて、私は女に摑みかかってその手のひらを引き剝がしました。

「なんで泣くの⁉　ずるいよおばさん！」

「ご、ごめんなさい……」

「私のこと可哀想な子供だと思ってるの⁉　なら叔父様のところに帰してよ！　可哀想にしてるのはおばさんたちじゃない、なんでお父さんと一緒に暮らすのが嬉しいなんて決め付けるの⁉　バカじゃないの⁉　大人のくせにバカなんじゃないの⁉」

女は男に助けられ、どこかへ連れてゆかれました。私は無理やり席に戻され、半ば命令のようにファイルの確認をさせられました。一番最後のページに、叔父様がいました。

私が叔父様に教わっていた「算数」は、主に乱数と呼ばれる、音を聞いてそれを文章にする、というものでした。最初はぜんぜん判らなかったけど、覚えてゆくとパズルを解いているみたいで楽しかったたし、文章を複合化できると、叔父様も褒めてくれました。

――すごいね靖恵。きっと立派な大人になるよ、靖恵は。

――叔父様みたいになれるかしら。

――もちろん。叔父様よりも頭が良いかもしれないよ。

優しくて頭が良くて美しい叔父様。その叔父様は、犯罪者だった。

私はぼんやりと、あの坂道で私を拾った若い男の言葉を思い出しました。

――日本っておかしな国だよね。児童ポルノを禁止するとかどうとか法律で言いながら、裏ではこんな子供が売春してて、それを取り締まることもできないなんて、おかしな国だよね。

おかしな国。だって叔父様はいなくなってしまったお母さんと、家族を捨てたお父さんの代わりに私をお姫様みたいに育ててくれた。毎年の誕生日にはケーキも買ってきてくれたし、国語や算数ができると、ちゃんと褒めてくれた。気が遠くなるほど気持ち良いことも教えてくれたし、してくれた。

それなのに、私とお母さんを自ら捨てたはずのお父さんは「家族を奪われた憐れな被害者」として人々から同情され、叔父様は、犯罪者。捕まったら、牢屋に入れられる。

叔父様は私の元へは戻ってきませんでした。そして私は「お父さん」に引き取られました。海の見える雪の町へ連れ戻され、学校ではなく「施設」というところに預けられることになりました。「拉致監禁」されていた子供として、私はこれから長い時間をかけて、精神のケアというのをされるのだそうです。

四年前の記憶はあとからあとから、洗濯機から溢れる泡のように戻ってくるものです。かつて住んでいた小さな寒いアパートの部屋。車の窓から見える景色の中では、あのアパートは取り壊され、今は駐車場になっていました。学校へ行くためにひとりとぼとぼと歩いていた道は綺麗に舗装され、見たこともないお店が建ち並んでいました。私の住むところ、施設の部屋は殺風景で海が見えませんでした。

ねえ叔父様。あの日、どこへ引っ越そうと思っていたの？

どこへ連れて行ってくれるつもりだったの？

……どこへ逃げるつもりだったの？

夜中、施設を抜け出して私は母の消えた海岸へと向かいます。既に季節は変わり、秋も終わろうとしていました。

月明かりの下、岩場に打ち付ける黒い波が、砕けて白く千々に散ってゆく。痛いほど冷たい風が真横に吹く。私は海の向こうに思いを馳せる。海の向こうには、いったい誰が、どんな魔物が住んでいるのだろうと。

——……おいで！

あの日私の手を摑んだ叔父様の声が、どこか遠い向こうから聞こえてくる。

「叔父様！」

気付けば初雪が礫のように私の頰や髪を叩きつけている。立ち上がり、私は叔父様の手——私からなにもかもを奪い去った愛しい人の手を探し、裸足の爪先で雪の水面を割りました。

モンタージュ

私が私であることを誰が証明できる？

この台詞をどこで聞いたのか、誰から聞いたのか、憶えていなかった。ただその短い言葉は、杭のように深く、強烈な痛みを私の心の中に打ち込んだ。学生証を持たず、何も持たず、見知らぬ町に迷い込んだら、誰も私を証明できない。

そして道端の、ブロック塀の崩れた古い空き地。

何かが取り壊されたあとの空き地に、元々なにがあったかなんてほとんどの人は憶えてない。新しいコンビニか何かが建って二週間も経てば周囲に溶け込んで、元々そこが古い酒屋さんだったなんて誰も憶えていないだろう。酒屋さんのなくなったことを惜しむ人がいたとしても、それはきっと「ほとんどの人」の範疇《はんちゅう》に入らない。真新しく品揃えも良く、二十四時間営業のコンビニの恩恵に与ってゆくうちに誰もが忘れる。見知らぬ町に迷い込んだとしても、私は生きている証を残したい。だから血を流す。私がそこにいたことの証を、赤いしみとしてそこに残す。

こんな感傷、高校生のときに終わると思っていた。早く大人になりたいと願う私の、子供の時間との決別が、高校卒業のときだと思っていた。でも私は大人になれなかった。その感傷に似た赤い紐を引きずったまま大学生になってしまった。細くて、太くて、脆くてそれなのにどうやっても切れない赤い紐を辿れば、私が来た道を引き返すことができる。流した帯状の血は、狭くて果ての見えない暗闇に薄ぼんやりと光る。

もう五年以上通っている心療内科の看護師兼受付の牧さんが、ロビーで待っている私にチョコレートの箱を差し出してくれた。窓の外は既に日が暮れている。ほかに患者はおらず、たぶん私が最後の患者なのだろう。

「あ、これ好き。ありがとう」

出されたのは、浅黄色の箱に三匹の猫が描かれたミルクチョコレートだ。猫の舌の形をしてる。発作が出てしまうため、相変わらず電車に乗れない私は、このクリニックまでの六キロの道のりを月に二度、歩いてきている。ロビーに入ったときには貧血で目の前が青くなり、顔も青くなっているらしい。

「サカちゃん、大学慣れた？」

牧さんはヒマだったのか、私の横に腰かけ、尋ねた。

「うん。ちゃんと友達もできたよ」

サカちゃん、という呼び名だけは今でも慣れないけれど、牧さんは良い人だ。顔も手も女みたいに綺麗だし、なんのにおいもしないし、私のフルネーム「和泉榊《さかき》」を、「名前と苗字が逆みたい」と言わないでいてくれた大人は、この人が初めてだった。最初は大人の男の人、というだけで喋ることもできなかったのに、一年も掛からずに喋れるようになれたのは、私にとって奇跡みたいなものだ。彼曰く「僕はゲイだから、大丈夫」。確かに大丈夫。それに、こうしてよく話しているから、先生よりも私の病状を判ってくれているかもしれない。

「僕も普通の大学行けば良かったな」

「普通じゃない大学だったの？」

「看護科だったからね。朝から晩まで授業と実習で、課題もワンサカ出たよ」

「ヤダなー。普通の大学で良かった」

電車に乗れない、というハンデがあるため、私の受験は家から自転車で通える距離の女子大しか選択肢がなかった。女子大だったことがありがたかった。なお、なぜ心療内科に自転車で来ないのかといえば、途中に山越えの坂があるからだ。

しばらくして、診察室から同い年くらいの痩せた男の子が出てくる。つづいて名前が呼ばれ、牧さんに手を振って私は診察室に入る。先生の机の上には同じチョコレートが置いてあって、食べる？ と勧められた。

先生は私が大学で普通に学生生活を送れていることを聞き、更に手首や太ももに傷が増えていないことを見て、そろそろお薬を軽いやつに変えてみようか、と提案してきた。アモキサンを軽いほうにして、デパスとパキシルの処方量も少なめに。

私の心は強張る。その表情を読んでくれたのか、先生は「もう少しこのままにしておこうか」と言ってくれた。私は頷いた。

授業があれば私は毎日大学に行く。中学にも高校にも、できる限り通っていた。病人という自覚はあるものの、病人という立場に甘んじていたくはない。クリニックへの六キロの道のりを歩いた翌日は筋肉痛で自転車に乗るのが辛いけど、ちゃんと次の日も大学に行った。

大学では、一部の人から私は「眠り姫ちゃん」と呼ばれている。授業中いっつも寝てるからだ。大学まで来ているのだから、勉強したいという意思はあるものの、薬の副作用には抗えない。そして服装もお姫様みたいだから。

　大人になりたいと望んでいたくせに、私は今でもお姫様みたいな洋服から離れられないでいた。女の子ばかりの環境には物好きな人がいるもので、高校時代のように誰にも相手にされない孤独を覚悟して入学したのに、きちんとお友達ができた。しかもかなり可愛い子たち。彼女たちからすれば、お姫様みたいな格好に手首の包帯というのは、ただのファッションでしかない。

「眠り姫ちゃん、そういう服ってどこで買うの？」

　必ず訊かれる。ほかも着るけど、原宿のエンジェルガーデンの服が主なので、素直に「原宿」と答えると、だいたい「連れて行ってよ」と言われる。東京まで電車で二時間近くかかるこの街で、原宿というのはわりと憧れの場所なのだ。残念ながら電車に乗れない私は、母の運転する車で、月に一度買い出しに行っている。

　構内には同い年くらいの女の子がひしめき合っている。良い匂いもする。華やかな女の子たちの群れを遠目に見ながら、お昼ご飯はいつもひとりで食べる。食べているところを人に見られるのがいやだから。高校生のときよりも少しだけ大人になった女の子たちは、それも私の個性だと認めてくれ、お昼は別行動をしていた。

その日も私は購買でサンドイッチを買い、校舎の時計塔に上る階段の途中で腰をおろした。時計塔には窓があるので、外が見下ろせる。高校生のときは校舎の外階段だった。暑い日は地獄で、寒い日も地獄だった。雨が降ってる日はお昼ご飯を食べなかった。そもそも、中学高校は大部分の日々を拒食症患者として過ごした。点滴で栄養を摂取していると、注射の痕により徐々に皮膚が腐ったような色になってくる。紫→黒→黄色、そして皮膚の上に小さなそばかすに似た痕が残る。肘よりも下は切り傷だらけで針が刺さらなかった。だから私はいつも足の甲に針を打たれていた。足の甲という部位はビーチサンダルでも履かない限り、人体で最も日に当たらず白いままでいるところだ。自らの手によって腕をボロボロにしているくせに、黒く変色した足の甲を見ると、悲しい気持ちになった。

サンドイッチを食べ終え、午後の教室へ向かう。仲良くしてくれている女の子たちはたぶんこの授業に戻ってこない。出欠を取らないので、きっと駅前の喫茶店にケーキでも食べに行っているだろう。一時間半の孤独を私はふと懐かしく思う。

高校のとき、あからさまな虐めなどはなかった。けれど教師も生徒も、私の腕の包帯を見ると、気味悪そうに距離をとった。男子生徒までもが私を避けていたおかげで学校に通えていたようなもんだけれど、孤立することで自分の存在を確かめていたのだと、今になって思う。腕を切って食べ物を吐いて、骨の節が異物のように浮く身体、そのすべてを受け入れてくれる人を望んでいた。たったひとり、私を望んでくれていた人。その人はいま、刑務所の中にいる。彼は犯罪者で、私は彼の被害者だ。私は日常的に腕に刃を突きたてていた。自分で自分に痛みを与えることと、他人が自分に痛みを与えることに、どれほどの違いがあるだろうか。

違いなどない。読経のような講義が始まり、私は五秒で眠りに落ちる。

中村先生は、男の数学の教師だった。高校生のとき、二学年になってから私がいたクラスを担当した。あからさまに生徒を贔屓《ひいき》するような不器用な教師ではなかったものの、私は彼に気に入られていることを直感した。

大人の男の人が怖い。欲望を向けられることに恐怖する。そして至近距離にいるとパニック症状を起こす。それが私の心療内科に通っている主だった原因だ。手首や脚を切りつける行為に、病名は付けられないと私は思う。境界性人格障害と言うには私の自己顕示欲は薄すぎたし、鬱病ならばとっくに死んでいる。

家の中には父親という、どうしても離れることのできない大人の男の人がいるので、私は自室に半ば引きこもり暮らしていた。学校に通うときと、母が月に一度、車で買い物に連れて行ってくれるとき以外は部屋から出ず、心療内科の薬もほとんど母に取りに行ってもらっていた。パニックを起こしたとき、家の中であらかたの処置ができるようにもなっていた。

そんな私が、何故中村先生だけ平気だったのか、最後まで判らなかった。けれど確実だったのは、私は中村先生を愛していたし、中村先生も私を愛していたこと。十八歳未満の「少年少女」と大人の恋愛は、たとえ合意であろうとも法律に阻まれる。彼に施された痛みを伴う何もかもは私が望んでいたことなのに、彼は犯罪者となり私は被害者になる。私は被害者として、知らない女にカウンセリングを受ける。「心の傷」を癒そうとする偽善者たちは寄ってたかって私を慰め、時には戒め、良い大人の振りをする。

だったら中村先生を返してよ、今すぐ会わせてよ。

血を吐くような痛みと共に泣き叫び、無理やり薬を打たれ、病人として隔離室に放り込まれることがしばしばあった。いったい誰が子供を弱者と決めたのか。あのとき私が十八歳になってさえいれば、中村先生は犯罪者にならなかったのか。

私の望みは叶えられず、彼は罰金ではなく自ら懲役を望んだ。条例によって彼は二年の懲役刑の最中にいる。身体に刻み込まれた先生の欠片や残骸が、日に日に皮膚から零れ落ちてゆくのを見ながら、私は迫り来る波のような孤独と戦う。大きな波、小さな波、薬を飲んで寝ている間だけは忘れられるけれど、起きたらまた波は押し寄せる。どうかこの授業が永遠に終わらないでくれれば、と、浅い眠りの中で遠くのお経のような講義を耳の表面に感じながら思う。

私についた弁護士は、私が中村先生に会いにゆくことを禁じている。カウンセラーも固く禁じている。牧さんだけは「サカちゃんがそんなに惚れるくらい良い男なら僕も会いたい」と言う。中村先生は牧さんの好みではないと思うから、やめたほうが良いよ、と言っておく。

最近、お店にひとりで入れるようになった。大学へ行くまで、自転車で駅をふたつ越える。そのひとつの駅ビルの一階に、私は週に一度立ち寄ることにしていた。美容院だった場所が潰れて、いつの間にか白っぽい外観と内装の、扉に鈴のついた喫茶店になっていたのだ。たぶん半年後には、美容院があったことをみんな忘れる。

ここは席の間隔が離れていて、わりと混むけれど居心地が良かった。私は奥まった席で、図書館で借りた本を広げる。人の作った物語はときどき私の心を深く抉《えぐ》る。精神障害を持つ人の話を面白おかしく書く人や、蔑む人。一度あなたも当事者になってみれば良い。自分の力ではどうにもならない流れに抗えず、薬を飲まなければ生きていけない人に。ふと手に取った本に殺されそうになったことをきっかけに、私は十五歳から物語を読まなくなった。国語の教科書も読まない。だから私が読むのはノンフィクションばかりだ。

その日は宇宙のしくみについての本を読んでいた。もくじの一番初めにある、「実存ってなんだろう」という文字に惹かれて借りた。まだ誰も借りていないらしく、ページは真っ白だった。

『宇宙を眺めわたしてみよう。もしそこに物理学と天文学におけるいくつもの偶然がひとつになって、人類の利益を生み出した様を見て取ることができれば、あたかも宇宙が人類の登場を予見していたかのように思えるだろう』

ローズヒップティーが湯気をあげなくなるころ、いずみさん、と女の声が聞こえた。見えない闇の果てで宇宙を眺めわたすために意識を飛ばしていた私は、邪魔しないでよと思いつつも顔をあげる。

地球の果てに絶対零度という温度があるのならば、私はたぶんそんな顔をして女を認識した。

久しぶり、とおずおずと笑顔を寄越す女は、中村先生の恋人だった女だ。

この女さえいなければ、中村先生と一緒にいられた。私は声を出せない。ただ女の顔を凝視する。本のページに爪が食い込む。実存ってなんだろう。私が実存していたのは中村先生と一緒にいたときだけだ。あとは肉体がこの世にあるだけで実存はしていなかった。人が三次元に生きているのだとしたらたぶん私には次元のひとつが欠けている。

「ここ、良い？」

女は私の許可も待たず、丸テーブルの斜め向かいに腰掛ける。

卒業式には出なかった。なので受験が終わってからこっち、私はこの女の事情を知らない。ずいぶんと老けたな、と顔を見て思った。元々私と同じく背の小さな女だった。老け込んだせいでその小ささは女を幼くではなく老いて見せる。

注文を取りにきたウェイターにキリマンジャロ、と告げ、女は私に向き直った。

「ここ、私の実家の駅なの。和泉さんもしかして〇〇女子大に行ったの？」

関係ないでしょう、という言葉も発することができず、女から顔を逸らし開いた本のページに目を落とす。仮想光子。量子論。多世界。臨界質量。波動関数。つい数十秒前まで私の心を最高にときめかせていたそれらの言葉たちはもはやなんの輝きも放っておらず、砂のように味気ない文字の羅列にすぎなかった。

恋の終わりがこれくらいあっけなく訪れれば良いのに、と思う。この女にとって中村先生はなんだったのだろう。私があれほどほしくてほしくてたまらなかった男をあっけなく裏切り、偽善者のふりをして、私にごめんねと言って泣いた女。輝きが砂になるみたいにあっけなくこの女も死ねば良いのに。

このままだと私、死んじゃうかもしれませんよ。

私はかつて、通っていた高校の養護教諭だったこの女を、そう言って脅した。中村先生の恋人だと知ったのは、彼が私を初めて抱いた日だった。

その事実を知ったときの痛みに比べれば、傷口がぐずぐずに膿んで熱を出すことなんか痛くもかゆくもなかった。中村先生と別れて。中村先生はあなたのことなんか好きじゃない、本当に好きなのは私。

そう言いたかった。けれど言ってしまっては中村先生が犯罪者となってしまう。この世の中で一番憎むべき、性犯罪者に。

中村先生は、背が小さくて胸の膨らんでいない子しか愛せない。骨盤が開いている女もダメだ。そういう男を、私はずっと憎んでいたはずだった。憎むことになった原因はもう忘れた。というよりも人の心はわりと便利にできていて、そういう原因となるものを思い出さないようにできるのだ。原因はなく、憎しみだけを心に残した私は男の人から逃げつづけてきた。

でも、中村先生からは逃げなかった。何故なのか自分でもよく判らないけれど、あえて理由をつけるならば、中村先生はただ純粋に、背が小さくて胸が膨らんでいなくて骨盤の開いていない私を鑑賞物として愛でた。そして私は逃げなかった。それだけだ。裸にしてください、と頼んだのは私のほうからだった。好きになった人には裸を見てもらいたくなるものなのだな、と、私はその言葉を口にしてから驚いた。中村先生は最初、私の願いを拒んだ。数回拒んだあと、受け入れた。私が自らの喉元に鋏を突きつけて脅したからだと思う。

中村先生はラブホの中でも綺麗なところを選んでくれた。制服を一枚一枚、脱がせてくれた。好きな人に服を脱がされることがこれほど幸せだなんて、私は知らなかった。最後の一枚を脱がせ、まばらに生えた薄い陰毛を眺めたあと、中村先生は私を抱きしめた。完璧だ、と言って私のみぞおちの辺りに硬くなった性器を押し付け、髪の毛の分け目に舌を這わせた。ふたつに結んであった髪の毛の分け目から恐怖に似たむずむずとした感覚が降りてくる。下腹の物足りなさに震えた。怖い。怖いから、私は中村先生にしがみつく。

そこからが、思い出せない。

私は中村先生に抱かれたはずなのに、その記憶がまったくないのだ。

きっと中村先生は私の顔を舐め、耳を舐り、くちづけて舌を吸い、皮膚の薄い首に赤い痕をつけたはずだ。私の身体を持ち上げ、ベッドに横たわらせ、あぐらの上に載った小さな乳首をつまみ、私に歓喜の声をあげさせながら口に含んで舌の先で突付いたはずだ。私の下着は、先生に服を脱がされていた最中から、既に濡れていた。薄く柔かな陰毛の奥を温かな指でなぞり、膨らんだ突起を押しつぶして乳首と同じように口に含んでいたはずだ。私の身体を見たときに上下した喉仏も、みぞおちに押し付けられた性器の硬さも思い出せるのに、痛みだけが思い出せない。

最近は大丈夫なの、と女は私に訊いた。

手繰り寄せていた記憶の糸がブツンと音を立てて切れる。

「死んじゃうかもしれないなんて、もう考えてない？」

なんて無神経な女。なんて馬鹿でおせっかいな女。処女膜の潰裂《かいれつ》された痛みを思い出せないのだとすれば、きっと抱かれたあと、この女が中村先生の恋人だということを聞かされたからだ。目の前にある毒々しい赤い液体を女の顔にひっかけたくなる。でも、もう大人なのでそんなことはしない。女の問いに答えず、私はカップを持ち上げ、冷めたお茶を啜った。

「私ね、カウンセラーの資格を取ったの。和泉さんがもし困っていることがあれば、な

「余計なお世話よ」

無視しようと思ったけど、その言葉だけは無視できなかった。いきなり喋った私に女は動揺を隠さず、眉を顰めて私の顔を見つめた。

「良い人ぶらないで。私はもう十七歳の『少女』じゃないの。あなたに守ってもらう義理なんかない」

私の言葉に、女は眉尻を下げ、いかにも作りものの慈悲深い笑顔を私に向けた。「可哀想な子供」を見る目。私だけは味方よ、とでも言いたげな生温いその顔。私は席を立ち、鞄に本を突っ込むと店を出た。同じテーブルに座ったんだから、あの女が会計をする義務がある。私はお茶代以上の不快感に耐えたのだ。

死にたい死にたい死にたい死にたい。通常飲んでいる抗鬱剤では間に合わず導入剤を六錠嚙み砕き、一時間仮眠しようとベッドに転がる。いつもならすぐに訪れる眠りが、なかなか降りてこなかった。

被害者の私に、あの女は偽善者の顔で微笑む。きっと心の中に誇らしげな気持ちがあるのだろう。あなたを救ってあげたのはこの私よ、とでも言いたげな。

何度かの逢瀬を重ねるうち、中村先生は私の写真を撮るようになっていった。私は先生に拘束されたいと思ったから、縛ってくださいと頼んだ。裸の私を中村先生は白い縄で縛った。擦れて赤くなる皮膚と縄の白のコントラストが自分で見ても淫猥だった。途方もなく幸せで、私は開いて涎を垂らす脚のあいだに中村先生を求めた。けれど、やっぱり接近されて股間を押し付けられると、本能的に身体が恐怖に慄く。

中村先生は、私のためにディルドを買ってきてくれた。これで寂しくないよ、と言って小さな私の身体の中へ大人の腕のように巨大なそれをゆっくりと収めた。腕や脚を切りつける痛みに比べればこんな痛みなどささやかなものだ。ひんやりとした人工物を身体に入れられたら、皮膚が破け内壁にいくつもの裂傷ができ、破けた股間からは血が流れた。

写真を撮って。

私は目隠しをされたまま懇願した。

血の流れている写真を撮って。またここに戻ってこられるように。

中村先生は私の写真が世間にばらまかれぬよう、ネットにつながっているPCのHDには保存せず、外部メモリに納めた。１００円ライター程度の小さなフラッシュメモリは、中村先生が私を愛した軌跡だ。

一枚、また一枚と増えてゆく写真の中で私は確実に生きていて、中村先生は小さなメモリの中で生きる私を愛した。

その小さな私が警察の手に渡されるまでは。

あの女は彼女であるという特権で、中村先生の家の鍵を持っていた。そしてメモリを発見した。「18歳未満の少女」が「成人男性」に「わいせつ行為」をされている写真データを、女は警察に渡した。私がそのことを知ったのは中村先生が学校を去ってからだ。

当時「17歳の被害者少女」だった私に、いったい何ができただろう。

思い出したくないのに押し寄せ蘇ってくる記憶に、目を固く瞑り歯を食いしばりながら、薬が効いてくるのを祈るように待った。

目が覚めたら、四時間経っていた。お手洗いのために部屋を出ると、廊下に夜ご飯が置いてあった。

眠る前に蘇ってきた記憶は夢にまで出てきて、最悪の目覚めだったけれど、薬のおかげか死にたいとは思わなくなっていた。事実母親の作った食事を見れば唾液が湧く。お手洗いから帰ってきたあと、私はベッドの上で冷えたご飯に箸をつけた。

中村先生、今日、あなたを犯罪者に仕立て上げた女に会ってしまいました。口をきいてしまいました。冷たい布団と冷たい食事しか与えられないであろう中村先生を思うと、寝ることや食べることで命をつなげようとする自分が、果てしなく浅ましく思える。もし中村先生が死んでいたとすれば、私はきっと躊躇《ためら》うことなく死ぬのだろうな、と思う。今は違うところにいるだけだ。だから、いずれまた会うことができる。私はその日のために生きる。ご飯を一口分箸で掬《すく》い、口の中に入れた。

中村先生の入所している刑務所は、かなり遠いところにある。電車に乗れない私は会いにゆくことができない。あと一年余りの辛抱だ、と思っていても、会いたい思いがあまりに強すぎて、ご飯を咀嚼したら泣けてきた。嗚咽を押し戻すようにご飯を飲み込み、傷痕の、薄く盛り上がったゼラチンに似た腿の皮膚の上に爪を突きたてる。柔かくツヤしたそこは簡単に破けて血を流した。鮮やかな色をした血の付着した指を、口の中に入れて強く噛み締める。神様、中村先生に会わせて。どんな痛みにでも耐えるから、中村先生に会わせて。

変な時間に仮眠を取ったため、その夜は眠れなかった。学校に行くために自転車に跨ったが、私が向かったのは病院だった。息を切らしながら診療開始の時間に扉を開けると、待合ロビーにはまだ誰もおらず、ソファの埃をクリーナーで取っていた牧さんが私の顔を見て「今日予約入ってたっけ？」と尋ねた。

「牧さん、車持ってる？」

私は問いに答えず、訊いた。

「持ってるけど、なんで？」

牧さんは私が中村先生と愛し合っていたことを知っているので、私はどうしてもどうしても中村先生に会いたくて、刑務所まで行きたいのだということを伝えた。連れて行ってくれないか、と。牧さんは少し考えたあと、「それはやめたほうが良いと思うけど」と言った。

「どうして！」

牧さんだけは味方だと思ってたのに。

「僕、一応看護師だからさー。もしそれでサカちゃんの心に悪影響が出たらって考えると、勧めることはできないよ。それに、僕がサカちゃんを連れてったら、越権行為になるし」

「……」

どうして、大人は、保身ばかりを考えるのか。私が唇を噛んで俯いていたら、牧さんは私の前にしゃがんで小声で言った。

「でも、好きなのは仕方ないよね。会いたいよね。僕が連れて行ってあげるわけにはいかないけど、タクシー呼んであげるよ」

「お金ないもん」

「貸してあげる。でも必ず返してね。僕はサカちゃんの住所知ってるから、いつでも取り立てに行けるよ」

牧さんはそう言って、カウンターの中に戻って財布を取ってくると、私に数枚の一万円札を渡してくれた。

「……ありがとう」

それから牧さんは女のドライバーのいるタクシー会社に配車のお願いをし、車が来るまで、私にどうしてそんな心境になったのかと訊いた。私は中村先生を犯罪者にした女に会ってしまったことを話した。法律でしかものを考えない女なのに、そんな人が法に守ってもらえない立場寄りの人を癒すはずのカウンセラーなんて職業を名乗っている矛盾。私に向けられた、可哀想な人を見る目。弱者の上に立ち、善人の顔をしているあの女。

「ちょっと無神経だね、その人」

牧さんの同意を得て、私の心はほんの少しだけ軽くなる。ひとり目の患者が扉を入ってくるのと同時に、車のエンジン音が聞こえた。その音に少しだけ牧さんは顔を曇らせる。

「サカちゃん、本当に行くの？」

「行くよ」

「大丈夫？」

「なにが？」

私はなんとなく悲しそうな牧さんに手を振り、扉を出てタクシーに乗った。

行き先を告げると運転手の女性は、遠いよ、と訝しげな顔をして私を振り返った。私は牧さんに借りたお金を見せ、足りるかどうか尋ねる。

「足りるけど……」

運転手は釈然としない顔のまま前を向き、車を発進させた。

会えるんだ、中村先生に会えるんだ。そう考えたら、心臓がものすごい速さで体内に血を送り始めた。私は靴を脱ぎ、バックシートの上で膝を抱える。色々な感情が胸の中でごちゃまぜになって、叫び出してしまいそうだった。

刑務所は、テレビや映画で見たような高い塀に覆われていた。乗ってきたタクシーが走り去る。

面会の仕方は色々と調べたので判っている。私は入り口の守衛に声をかけ、面会に来た旨を伝えた。申請書を受け取り、書き込み、番号札を受け取って建物に隣接した待合室に入る。私は中村先生の血縁ではないけれど、中村先生が私を面会許可リストに入れていれば面会は可能だ。私の名前がないわけがない。

がらんとした寒々しい部屋の椅子に座ってから五分くらいののち、名前が呼ばれた。たしかこのあと、金属探知機で検査をされて面会が可能になる。私は震えながらも意気揚々と立ち上がり、待合室を出ようとした。そのとき。

「中村受刑者はもうここにはいません」

機械的な男の声が聞こえる。

「え？」

……聞き間違いかと思った。私は声の主である堅い制服姿の男を見上げた。

「初犯ですし、模範囚で、おととい出てますね」

聞き間違いじゃなかった。地面が揺れる。

「だって、実刑二年って……」

まだ、半年も経ってないのに。男は私に「実刑二年」ではなく「二年以下」であることを説明する。

「どこにいるの、どこに行ったの!?」

私は男に摑みかかっていた。男は易々と私の手を摑み、それは判りかねます、と無慈悲にも答えた。

こんなこと、考えてなかった。

……あの女なのか。

へたり込みそうになる足でなんとか部屋を出て、はるか遠くに見える出入り口の門へ向かう。

世の中には保釈金という制度もある。もしあの女がまだ中村先生のことを好きだったら、お金を払って呼び戻したのかもしれない。悔しいけれど、あの女も小さくて胸がなくて骨盤が開いていない。中村先生はお金もなくて仕方なく、あの女のところへ戻ったのかもしれない。

頭がぐらぐらと揺れた。胸が苦しくて、気付けば過呼吸になっていた。鞄の中からビニール袋を取り出し、膨らませて口に当てる。落ち着け、落ち着け私。何をすれば良いのか考えろ。

通りに出ると何台かタクシーが止まっていた。財布の中にはもう一万円札は一枚しかない。そしてそこにはドライバーが男のタクシーしかいない。ビニール袋を口に当ててフラフラと歩いている私を見ると、彼らは一様に目を逸らす。私は来たほうへ歩き始めた。歩きつづけて疲れ果てれば、きっとその苦痛と倦労のほうが今の悲しみを凌駕してくれる。

訪れたこともない、言葉を交わした人もいない町では、私は名前を持たない。道を歩くただの通行人の役となり、その姿は町に暮らす人の日常風景として処理される。私が今どれほどの辛くて苦しい思いを胸の内に抱えているかなど、誰も知らない。私が何かを叫んだりしない限りは。

風景としての役割が終わったのは、ストラップシューズの金具が壊れたときだった。疲労もあり、私は地面に倒れ込み膝をついた。脱げて後方に転がる靴を拾う気にもなれなかった。

遅すぎる、と思う。下駄の鼻緒が切れるのが不幸の前兆なのだとしたら、今切れたってなんにもならない。人気のない住宅街で、既に私は三時間歩いたあとだった。すりむけて血の滲む膝を見つめ、生きている証を残すために血を流すなど真っ平だと思った。そんなことをするくらいなら今ここで死ぬ。

鞄の中から携帯電話を出し、私は電話帳から通っていた高校の職員室直通番号を探す。

迷うことなく通話ボタンを押し、呼び出し音を二回聞いた。回線の向こうで事務の女が電話を取る。

「養護の斉藤先生をお願いします。私、卒業生の和泉榊です」

少々お待ちください、という言葉のあと「エリーゼのために」が聞こえ始める。ワンコーラス聞かされたのち、ハイ斉藤です、と女の声が聞こえた。

「ねえ、困ってるの。今すぐ助けて」

「……和泉さん？」

「あなた助けてくれるって言ったわよね。今度こそ助けてくれる？」

「どうしたの？」

「今すぐ死にたいの。でもここは車も通ってなくて、いま私、カッターも何も持ってなくて薬も規定量しか持ってないの。車に乗ってくるか刃物を持ってくるか、薬を大量に持ってきて」

「……どこにいるの」

私はあたりを見回し、住宅の住所表示を見つけてそれを告げた。

「どうしてそんなところに？　大学とは反対方向じゃない」

「中村先生に会いに行ったの。そしたら中村先生いなかったの。ねえ、あなたが中村先生をどこかへやったんでしょ、もしかして一緒に住んでるの？　警察に売っておいて、あなた一体どういう神経してるの？　ねえそこにいるなら中村先生を出してよ」

「……」

「もう歩けないの。脚が痛くて、立つこともできないの。早く来て、ねえ早くして！　早く来て!!」

返事を待たずに通話を切った。風景だったはずの私はガードレールの柱に凭れかかるようにして座った瞬間、異物に変わる。

膝を抱えると、いちごミルクの色をしたワンピースは血と砂にまみれ、裾のフリルは薄汚れていた。レース編みのハイソックスも転んだせいでほつれていたり汚れていたりする。私の心みたい、と思うほど子供ではないけれど、綺麗に可愛く着られるために作られた服が哀れで、悲しくなった。

当然のごとく、中村先生の携帯電話にはつながらない。そして私は中村先生の実家がどこなのかも知らない。探偵か何かに調べてもらえれば良いのだろうけれど、たぶん性犯罪者の居場所というのは探さないだろう。もし依頼をした人が性犯罪者の居場所をインターネットに書き込んだりでもしたら、地域の住民が大騒ぎをする。

どうやって見つければ良いの。中村先生。どこにいるの。

祈るような気持ちで鞄の中から抗不安剤を二錠取り出し、口の中に唾を溜めて飲み込んだ。

晴れていたはずの空は正午を過ぎて曇ってきていた。いつの間にか灰色っぽい雲が空の薄水を覆い、遠くのほうから何かを引きずるような音が聞こえている。雨雲を引きずっている誰か。私と同じように転んでその場に水をぶちまければ良い。

女が来る前に私は警察に保護された。家の前に不審者がいる、という通報があったらしい。不審者の私は白い自転車に乗った警官に連れられて交番へ向かった。住所や名前を書いている最中、携帯に見知らぬ番号からの着信があった。出てみたらあの女だった。

「どこにいるの⁉」

「……交番」

××交番だよ、と若い警官がぶっきらぼうに言う。その名前を伝えると、五分で女がやってきた。男ふたりに見下ろされながら書類を書いていた私は正直パニックになりかけていたので、今ここに男ではない人間が現れたことはありがたかったが、こんなことでは許さない。

「車で来たけど、薬も刃物も持ってないよ」

事情を説明し、解放され、車の助手席に座るように促したあと、女は言った。既に時間は午後三時を過ぎていた。しかしまだ学校は終わってないだろうに。女が恩着せがましいことを言うようであればすぐに車を降りてやろうと思っていたが、女は黙ったまま運転をつづけ、しばらくしてから道沿いのファミレスの駐車場に車を入れた。店に入るのかと思ったら、車を出ることもなく、女は私に尋ねた。

「どうしようか。エンジンかけたままだったら、ホースと排ガスで死ねるけど」

笑いながら、女は私を見た。

「その前に中村先生に会わせて」

「私があの人の居場所を知ってると思う？」

やはり女は笑っていた。

「なんで笑ってるの？　何がおかしいの？」

ひどい人、あなたこそ死ねば良い。私は叫び、女に摑みかかる。否、摑みかかろうとしたが、それよりも早く女は私の腕を受け止めた。

「離して！」

「落ち着きなさい！」

「あなたなんか死ねば良い、じゃなきゃ早く私を殺してよ、死なせてよ、中村先生がいなきゃ生きてる意味なんかないんだから！」

直後、女は腕を解放し、私の首に手をかけ、絞め付けてきた。何をされたのか咄嗟には判らなかったが、判ったあとは、陶酔に似た苦しみに頭がジンジンと痺れた。

「あなただけが失ったわけじゃない、生きたくても生きられなかった人がいるのに、簡単に死にたいなんて言わないで」

女は私の首を絞めたまま言った。笑っているように見える顔が、実は泣いているのだと判る。般若《はんにゃ》みたいだ、と思う。

頭に血が溜まり、目を開けていられなくなり、私は目を閉じた。ぼわんぼわんと耳鳴りがする中、車の屋根を雨粒が叩き始めるのが聞こえる。まばらだったその音はあっという間に流水の音に変わり、堰を切った水が押し寄せる。呑み込まれ圧され、私の身体の中で何かが弾けた。

——やめて、戻して。

もがきながら私は祈る。

——やめて、戻さないで、元に戻して。

あれは顔のない男だった。

あの日、前が見えないくらいの雨が降っていて、私はどこかの広い駐車場でお母さんとはぐれて、手を引っ張られ、車に乗せられ、声をあげても雨の音に阻まれ、その声はお母さんに届かなくて、顔のない男に遠くまで連れて行かれて、知らない町まで連れてゆかれて、服を脱がされて、見たことのないものを触らされて、クレヨンよりもっと太い指で脚のあいだを開かされて、自分の身体なのに自分が知らないところに存在していた洞、生まれて七年のあいだに経験したことのない、絶望的な痛みと夜のような闇。

あ、あ、あ、と、頸動脈を圧迫する痛みに掠れた声が漏れる。密着して押しつぶされた身体に入ってきたものは得体が知れず恐ろしくて叫びたかったのに、男の肌に口を塞がれ声が出なかった。

瞼の裏がチカチカと点滅し、消えていた記憶がストロボライトに照射されたかのごとく断片的に、そして執拗に、点滅するスクリーンの上に映し出される。恐怖に涙さえ出ない子供。死人のようなその顔。ぼやける窓ガラスに映った自分の顔を、確かに見ていた、七歳の子供。私。

……これは本当に私が忘れていた記憶なんだろうか。

映像を消すため、うっすらと目を開ける。泣きながら首を絞めつづける女の顔を霞んだ視界の中に見ながら、私は再び目を閉じた。何も見えない。そしてもう何も聞こえない。死にたいという私の願いをこの女が叶えてくれるのならばそれも良いのかもしれない。ひきかえにこの女が、中村先生と同じ犯罪者となるのだから。

長い混沌の中で私は刑務所にいた。中村先生がいたはずの刑務所だ。分厚いアクリル板の向こうには中村先生がいた。私はなす術もなく、透明な壁の向こうにいる男の顔を見つめていた。

「中村先生」

名前を呼ぶと、先生は小さく頷いてくれた。カウンターとアクリル板の接地面には本一冊はさめる程度のスペースがあり、私はその中から手を挿し入れる。先生、手を握って。中村先生はおずおずと自分の手を伸ばし、私の指先に触れた。私は彼の手を握り、こちら側へと引きずり出す。ゴムのように伸びればこの隙間から引っ張り出せるのに、引っ張った手は肘にも届かずに突っかかった。中村先生の腕にうっすらと血が滲む。先生、私を裸にしてよ。また血を流させてよ。

祈りを込めて、私は中村先生の愛しい手指を口に含んだ。乾いてざらざらした指先に舌を絡め、音を立てて吸う。でもそれは指だから大きくならない。指だからしょっぱい液体も出てこない。全部の指を吸い終わったあと、指の股に舌を這わせ、出っ張った骨を舐め、手首の内側を舐める。

手のすべてを唾液でべたべたにしながら、私は先生の顔を見上げた。

息を呑むよりも早く、悲鳴をあげていた。

私の知らない人がそこにいた。

比較的早く意識の覚醒した私は、右手も左手も縛られて動かないことに気付いた。ずっと私の名前を呼びかけていたはずの、ベッドサイドにいるべき母の姿はなく、何故か縛られた私の手を握っていたのは牧さんだった。ああ、やっぱり男の人でも、牧さんは平気だ。

「サカちゃん、斉藤先生、捕まっちゃったよ」

目が合って一番に報告された。うん、と頷き、起き上がろうとしたら止められた。

話さなきゃいけないことがある、と牧さんは私の額を撫でてから言った。

「なあに？」

「先生にもご両親にも一応、話すことに許可は取ってあるんだけど」

「うん」

「サカちゃん、君は中村先生を愛してると言っていたけど、本当は、無理やり乱暴をされたんだよ」

静かな決意に満ちた牧さんの言葉に私は笑った。次の瞬間、怒った。そして最後には悲しくなった。牧さんまでそんなこと言うなんて。

「君は乱暴されたその恐怖と戦うために、無理やり自分の記憶を捏造したんだ。君が初めて彼のことを僕に話したとき、君の顔には殴られた痕があった。頸動脈のあたりに、刃物の傷もあった。あの日、ほかの誰かに乱暴をされた記憶がある？」

「嘘つき、そんなことされてない」

「人の性的嗜好にあれこれ言える立場じゃないから、それが合意の上で幸せなら良いと思ってたけど、あのときにきちんと調べて止めておけば良かった、ごめんねサカちゃん」

嘘つき、と何度も繰り返した。殴りつけたいのに両手を縛られていて動けない。私はベッドの上でもがき、声をあげる。その肩を牧さんが押さえつける。

「サカちゃん、だめだ暴れたら。病棟に入院になっちゃうよ！」

「離して！　嘘つき！　大嫌い！」

「サカちゃん、お願いだから！」

牧さんは私を押さえつけ、泣いていた。ごめんねサカちゃん、と繰り返しながら。

そんな簡単に記憶の捏造なんてできるわけない。私の記憶は正しい。私と中村先生は愛し合っていたんだ、お互いに求め合い、愛という絆の上で裸になり、身体を弄られたんだ。実際先生は優しくて、私に怖いことをしなかった。

しなかった、はずだ。

息ができない。

「サカちゃん？」

突如静かになった私の顔を、牧さんが覗き込む。

七歳のときに仕舞った記憶。知らないどこかに何かを入れられる違和感。口を塞がれて殺すと脅されて、私はあのときに一度死んだ。こんな恐怖を味わうくらいなら死んだほうがマシだと思って、一時的に死ぬことを選んだのだ。

中村先生との日々がそんな死の上に成り立っていたとでも言うのか。ありえない。だってこんなに生々しく私は中村先生に愛撫されたことを思いだせる。先生、先生、やめて、怖い、許して。そんなこと言ってない。先生は私を殴ったりしなかった。頬に残った痣《あざ》なんか牧さんの見た幻だ。

「サカちゃん、息、息して、サカちゃん！」

中村先生、私、あなたを愛していたよね。

答えはなく、何かに圧迫されて息ができなかった。まだあの女が首を絞めているように思えた。


三週間、私は県を跨いだところにある精神科病院に入院した。学校には親が休学届けを出した。元々彼らは私を大学に入れることに反対していたそうだ。

一週間は隔離室だったが、二週間目からは大部屋に移動できた。責任を感じているのか、三日にいっぺんくらいの割合で牧さんがチョコレートを持って面会に来てくれた。

両親が起訴を望まなかったせいで、斉藤は犯罪者になることなく市井の人に戻れたが、私にはいつまで経っても、牧さんの言う「本当の記憶」は戻らなかった。病院のコミュニケーションルームで私は、ある意味英雄扱いになっていた。おかしなもので、こういうところに入院している若い女や若い男は、自傷自慢をする。私の持つ傷跡はその場にいる誰よりも多く、深かった。私は彼らの自慢やぼやきがイヤでたまらなくて、中村先生と同じく「模範囚」を目指した。そして三週間で退院できるまでになった。

退院の日、誰が知らせたのか斉藤が花を抱えて病院までやってきた。

「ごめんなさい」

病院の入り口で私の顔を見るなり、女は泣き出して頭を下げた。私は無言で、その小さな頭を見下ろした。

「謝っても赦してもらえないのは判ってる。でも、お願いだから簡単に死にたいなんて言わないで、死にたいなんて……」

「……私の死にたいって思いが、簡単な理由だとでも思ってるの？」

「そういうわけじゃ……」

「じゃあ何？」

母親が私の肩を抱え、女の横をすり抜けようとする。

「待って」

私は母を止め、女を振り返り、「殺人犯」と言った。女が頭をあげ、私のほうを見る。

「殺人犯。あなたにカウンセラーになる資格なんかない。私あなたみたいな人、大嫌い。もう私に会いに来ないで」

凍りついた表情で私を見つめる女を背に、母の手を引き、車に乗り込んだ。

母の運転する車のバックシートで、私は外の景色をただ見つめた。ひと方向に進む時間のそこかしこで、私は血を流し、自分がそこにいた軌跡を残してきた。私はここで生きていました、という証明をするために、手首に刃物を突き刺し、皮膚を切り裂き、痛みと痺れに耐えてきた。

けれど、それはなんの役にも立たなかった。捏造された記憶のうえで中村先生を愛していた私は偽物だったが、本物の私のいた場所が今でも判らない。血を流したのは事実なのに、その地点は赤く光って知らせてはくれない。流血に伴う痛みも苦しみも、私の実存するしるしにはならなかったのだ、と後方へ流れる景色を見て思う。

「ねえお母さん、休学、しなきゃだめかなあ」

私の言葉に母は、え？　と訊き返した。ちょうど隣をトラックが通り過ぎたところだった。私が何か言う前に、母が口を開いた。

「牧さんがね、あなたの面倒見てくれるって言ってるけど、どうする？」

「面倒って？」

「もしあなたの病気が、牧さんの言ったことによってもっと悪くなったときは、責任取りますって」

「はあ？」

だって牧さんゲイだよ。という言葉は控えておいた。

家に着くと、父親が会社を休んで待っていた。私にはしばらく父親を疑っていた時期があった。「何かをした」男は父親なのではないか、と。これだけ近くにいれば何かが起きても不思議ではない。だから、近付かなかったし口もきかなかった。

「……ただいま、お父さん」

玄関先で出迎えた父に、私は十数年ぶりに声をかけた。母が目を丸くし、父はもっとおかしな顔をして、ふたりとも声も出ない様子だった。そのまま二階にあがり、ベッドの上に寝転がった。

——眠り姫ちゃん、と呼ばれないようにしなければ。

白い天井を見つめたあと、私は目を閉じる。眠ることは死ぬことに似ている。一日ずつ重さの増してゆく荷物を抱えて深い闇に沈み、同じ荷物を背負って這い上がったときが目覚め。

今までの私はきっと、その荷物が這い上がってくるときに闇に落ちていても、誰かのものと掏り替わっていても、気付かなかったのだろう。身体に刻まれる痛みだけがすべてだった。目を開けて天井に向け腕を伸ばす。

今の私は周りで起きていることすべてを、正しく憶えていたいと思う。周りに正しく憶えていてほしいと願う。今抱えているすべての荷物をこの手から、たとえ腕が千切れようとも離さずに、生きよう、と思う。

私が私であることを誰が証明できる？

誰の言った言葉なのかやっぱり判らないけれど、まず、それを証明するのは私でありたい。

参考・引用文献

『奇想、宇宙をゆく――最先端物理学12の物語』
マーカス・チャウン／長尾力訳（春秋社／二〇〇四年刊）

本書はフィクションです。登場する人物・団体等は実在するものとは関係がありません。

本書は、二〇一二年七月に早川書房より単行本として
刊行された作品を文庫化したものです。

開かせていただき光栄です
—DILATED TO MEET YOU—

皆川博子

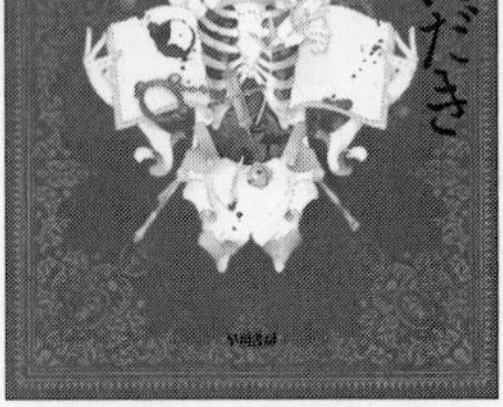

本格ミステリ大賞受賞作

十八世紀ロンドン。外科医ダニエルの解剖教室からあるはずのない屍体が発見された。四肢を切断された少年と顔を潰された男。戸惑うダニエルと弟子たちに盲目の治安判事は捜査協力を要請する。だが事件の背後には詩人志望の少年が辿った恐るべき運命が……前日譚短篇と解剖ソングの楽譜を併録。**解説／有栖川有栖**

アルモニカ・ディアボリカ

皆川博子

『開かせていただき光栄です』続篇

十八世紀英国。愛弟子を失った解剖医ダニエルが失意の日々を送る一方、暇になった弟子のアルたちは盲目の判事の要請で犯罪防止のための新聞を作っていた。ある日、身許不明の屍体の情報を求める広告依頼が舞い込む。屍体の胸に謎の暗号が。それは彼らを過去へと繋ぐ恐るべき事件の幕開けだった。**解説／北原尚彦**

ハヤカワ文庫

著者略歴　1976年生，作家　著書『花宵道中』『あまいゆびさき』（早川書房刊）『春狂い』『校閲ガール』『喉の奥なら傷ついてもばれない』他多数

HM=Hayakawa Mystery
SF=Science Fiction
JA=Japanese Author
NV=Novel
NF=Nonfiction
FT=Fantasy

官能《かんのう》と少女《しょうじょ》

〈JA1224〉

二〇一六年四月十五日　発行
二〇二二年九月十五日　六刷
（定価はカバーに表示してあります）

著者　宮木《みやぎ》あや子《こ》
発行者　早川浩
印刷者　大柴正明
発行所　株式会社早川書房
郵便番号　一〇一 - 〇〇四六
東京都千代田区神田多町二ノ二
電話　〇三 - 三二五二 - 三一一一
振替　〇〇一六〇 - 三 - 四七七九九
https://www.hayakawa-online.co.jp

印刷・株式会社亨有堂印刷所　製本・株式会社明光社

ISBN978-4-15-031224-4 C0193

本書は活字が大きく読みやすい〈トールサイズ〉です。